悪魔な兄が過保護で困ってます2

香月 航

Wataru Kaduki Presents

fairy kiss

この作品はフィクションです。
実際の人物・団体・事件などに一切関係ありません。

悪魔な兄が過保護で困ってます2

一章　兄が婚約者になってからの日々

「〝紫の〟はまだ動かないのか⁉」

ガタン、と大きな音を立てて、テーブルの役割をしていた木の塊が部屋の隅まで転がっていく。

これが普通の『会議』と呼ばれるような場であるなら、誰もがテーブルを蹴り飛ばした足癖の悪すぎる男を叱責するか、あるいは宥《なだ》めるなどの行動に出るだろう。

しかし、残念ながらここは普通の場ではない。テーブルと椅子を用意して並べていたのも『そうするものらしいから』という曖昧な理由に基《もと》づく、ただの真似事だ。

椅子のデザインがバラバラだろうと誰も気にしないし、お茶どころか水が出てくることもない。

とりあえず形だけ真似をしてみれば面白いと思っている低能の集団なのだ。

男の行動についても、よく飛ぶテーブルだと笑っているのが半分、自分と同じく無関心なのが半分といったところか。

「もうどれぐらいになるんだったか？」

「ヒトの時間で十年ちょっとだ。いくらなんでも長すぎる」

革張りのソファに何故《なぜ》か逆向きに座った一人が、わざとらしく肩をすくめてみせる。

……正直にいえば、別に十年は長くない。

ヒトと違って時間があり余っている自分たちにとっては、ぼけーっと壁の染みでも眺めていれば過ぎている程度のものだ。それを無駄にしたとも思わない。

だが、今の自分たちは無為《むい》に生きていた頃とは違う。言うなれば、観客なのだ。席について、期待に胸を躍らせながら、ショーの始まりを今か今かと待ちわびている。その状況で感じる十年は、あまりに長かったのである。

「まさか、殺されてしまったのでは……」

「ははは、それだけはありえない。〝紫の〟に勝てる存在などいるものか。そんな者が現れたとしたら、それこそこの世界はおしまいだ」

それはそれで面白そうだ、とまた笑い声が上がる。

自分も彼が今どこにいるかは突き止めているし、もちろん存命なのも知っている。命を脅かすような強者だって、どこにもいなかった。

では何故、ショーの幕が上がらないのか。その理由だけがわからず、他の者と同じようにただ待つ日々を送っていた。

(これでは、駄目なのかもしれない)

時間はいくらでもある。それでも、これ以上待ち続けるのはごめんだった。

「……直接行って確かめよう」

席を立って宣言すると、皆からの刺さるような視線が集まってくる。驚きと期待が入り混じったそれは、ひどく心地よい感触だ。

「行ってくれるのか〝緑の〟。お前が動いてくれるならありがたい！」

「だが、どうやって？　なり損ないどもの出入口は、小さくて通れないぞ」

「なに、少し待っていれば道を作る者が現れる。ここ最近、召喚を試みる愚か者がやたら多いからな。応えてやる義理はないが、使えるのは確かだ」

にっと口端《くちは》を上げて見せれば、皆の視線の中に同情が混じる。

以前は『儀式』など年に数度ほどしか確認できなかったが、このところ妙に回数が増えている。

恐らくは、連中の立場を危うくさせるような出来事があったのだろう。

その分、質が落ちているが、これしか方法がないなら背に腹は代えられない。

強い決意を胸に、空気の淀《よど》んだ部屋を後にする。

(下等な者の声に応えるなど屈辱だが、それで彼に会えるのならばやってやるとも)

この停滞した自分たちの生を変えてくれるのは、きっと彼しかいないのだから。

＊　＊　＊

「それでは、私はこれで」

丁寧に頭を下げて応接室から去っていく職人を、なるべくきれいな笑顔を作って見送る。

わざわざ屋敷まで届けてくれたお気に入りの靴を改めて確認して、ユーフェミア……ユフィは、溜《た》めていた空気を一気に吐き出した。

「はー、きれいに直ってよかった！」

白地に銀と紫で装飾が入ったその靴は、盛装用のものの中でも特に気に入っている。

しかし先日、手入れの際に誤ってかかとを折ってしまい、あわや処分となる危機だったのだが、先ほどの職人が修理を請け負ってくれたのだ。

（すごいなあ。かかと以外も新品同然にきれいにしてくれてるわ）

職人からすれば新しいものを沢山買ってくれたほうが嬉《うれ》しいだろうに、そうでない客にも丁寧な仕事をしてくれるととても気持ちがいい。

もちろん、屋敷の経理を担当する父の執事には、ちゃんと色をつけた報酬をユフィの小遣いから支払うようにお願いしている。腕のよい職人との付き合いは、このセルウィン伯爵家としても利点があるはずだ。

「次に靴を新調する時も、またお願いしましょう」

客人のいなくなったソファに腰かけて、今履いている靴と履き替えてみる。

盛装用なのでかかとは細めだが、この靴は体重をかけてもしっかりとした安定感がある。これなら、次の夜会で踊ることになっても大丈夫そうだ。

（よし、当日まで汚さないようにしまっておこう）

ユフィの髪は母譲りの珍しいピンクブロンド、瞳は父譲りの碧色《みどりいろ》なので、淡い色合いのドレスを着ることが多い。そうなると、白い靴は合わせやすいので重宝するのだが、汚れが目立ってしまうのが難点だ。せっかくきれいに直してもらったのだから、今度こそ大事にしたい。

（別に新しいのを買ってもいいんだけどね）

それほど高位な家柄ではないものの、セルウィン家は長く続く安定した貴族だ。

当然、靴の一足や二足買うのに困るようなこともないのだが、この靴には思い入れがあったため、あえて修理して使うという方法を選んだ。

……その理由となる彼は、きっと覚えていないだろうけど。

「お嬢様、職人はお帰りになりましたよ」

ノックの音に応えると、丁寧な所作で礼をしながら見慣れた女性が入ってきた。

「見送りありがとう、モリー」

声をかければ、彼女も青い目を柔らかく細めて笑ってくれる。地味な黒地のお仕着せを着せておくのがもったいないほどの美人だ。

左目の泣き黒子《ぼくろ》が色っぽいモリーは、幼い頃からユフィの世話をしてくれている専属の侍女で、ユフィが母以外でもっとも信頼している女性でもある。

今日も、返ってきたユフィの靴を見て、自分のことのように喜んでくれていた。

「きれいに直ってよかったですね。お嬢様の、初めていただいた大事な靴」

「うっ……モリーは覚えてるのね」

「当然です」

まるで自身の恋話を語るように楽しげに言われてしまうと、ユフィも何も言えなくなる。

そう、なんてことはない。この靴は、ユフィの想い人が贈ってくれたものなのだ。

思い出と呼ぶにはだいぶ最近のことだが、すぐに忘れられてしまいそうなささいな出来事なので、きっと本人は覚えていないと思っている。

（贈り物というよりは、いわゆる引っ越し祝いだもの）

十六歳になり社交界デビューを済ませたユフィは、数カ月前から婚活のために王都のタウンハウスへ移り住んでいる。そこで、先にこちらに住んでいた彼が、街を案内するついでに買ってくれたのがこの靴なのだ。

これから盛装する機会の増えるユフィに、質がよくて足に合うものを、と。

もちろん靴はその後に何足も買ったし、これが世界一の逸品というわけではない。

それでも、彼が自分のために選んで買ってくれたという点で、この靴はユフィにとって特別なものになったのだ。

（あまり目につかない靴っていうところも、私としてはありがたかったわ）

この靴を履くような時は、たいてい煌《きら》びやかなドレスをまとい、髪も顔も着飾っているため、ほとんどの人間がそちらに注目している。靴までしっかりとチェックするのは、よほどお洒落《しゃれ》な人間だけだろう。

ユフィ本人すらも、彼がくれたものを無意識に心の支えにしていたなんて、かかとを折ってしまって初めて気づいたぐらいだ。

「修理が間に合って本当によかったです。久しぶりの夜会ですからね」

「そうね。やっぱり履き慣れたものがいいわ」

「ええ、ええ。私も久しぶりにお嬢様を着飾れるので、今から楽しみですわ！」

本人よりもよほど楽しそうなモリーに、曖昧に笑って返しておく。

昼に催されるお茶会などには頻繁に参加しているものの、夜会に最後に参加したのは王太子サミュエルの婚約発表の時なので、かれこれ一月ほど経っている。

以前のユフィといえば、『夜会参加が趣味なのでは』と揶揄《やゆ》されるほどに各地の夜会に参加しまくっていたのだが、このところはすっかりご無沙汰だ。

別に禁止されたわけでも、具合が悪かったわけでもない。単に、ユフィが夜会に赴く理由であった〝殿方との素敵な出会い〟が必要なくなったので、最低限しか参加しなくなっただけのことである。

新しい出会いなど、もう必要ない。たった一人が決まったのだから。

「ん？」

そう考えていたところで、部屋の外がにわかに騒がしくなっていることに気づく。

ここはタウンハウスとはいえ、勤めているのは伯爵家に仕える使用人たちだ。当然、しっかりとした教育がなされているので、多少のことでは騒いだりしない。

「まさか……」

その声が驚きでも慌てたものでもなく、どう聞いても親しげなものだと気づいたユフィは、さっと近くに控えるモリーに視線を向ける。

おっとりと眉を下げた無言の苦笑は、彼女も同じ考えだと語っていた。

「ああもう、またなの⁉」

予想の的中を悟ったユフィは、勢いよく応接室から駆け出す。ほんの数歩廊下を進めば、声の発生元のエントランスはすぐそこだ。

「ただいま、ユフィ！」

「どうしてこっちに帰ってくるの兄さん‼」

案の定、背筋に響く美声で告げられた『帰宅』の挨拶に、ユフィは頭を抱えたい衝動を必死で堪《こら》える。彼の帰る家はもうここではないというのに、三日とおかずにこちらに戻ってくるのだから本当に困ったものだ。

　この国ではほとんど見ない生まれつきの褐色の肌と、首筋にわずかにかかる漆黒の髪。どちらも異国風ながら、彫刻めいた美貌にぴったり合っていて、見る者の目を釘付《くぎづ》けにしてくる。ややきつめの紫色の瞳も、ユフィを映す時だけはとろりと溶けて、壮絶な色香を醸し出すものだから、見つめられるこちらはたまったものではない。

「ユフィ、俺はもう兄さんじゃないぞ。ちゃんと名前で呼んでくれ」

「……っ！」

　どこか拗《す》ねたような、寂しげな言い方で指摘されると、ユフィのほうが恥ずかしくなってしまう。そう言うのなら、ちゃんと今の自分の家に帰って欲しいものだ。

　彼の名はネイト・セルウィン……いや、正しい家名はファルコナー。

　少し前まではユフィの血の繋《つな》がらない兄だったが、とある一件を経て婚約者になった男だ。そんな馬鹿な、と誰もが思うだろうが、一番そう思ったのは当事者のユフィである。

　ネイトはずっと兄であったし、知人たちも皆そう認識していた。その覆らない立場ゆえに、ユフィは必死で婚活に勤しんでいたのだ。この国では、血の繋がりのない養子でも、兄妹《きょうだい》が結婚することはできないと決まっていたから。

　全ては、ネイトへの想いを忘れるための努力だったのに――それがまさか、蓋を開けてみればネイトは兄になっておらず、書類上でも赤の他人だったというのだから、もう笑うしかない。

おかげで彼と婚約できたのだし、想いが通じたのだから喜ばしいことではあるのだが、どうしても『騙《だま》された！』と思ってしまうのは仕方ないだろう。

ユフィはする必要のなかった苦労をして、感じる必要のなかった失恋の痛みに苦しんでいたのだから、もやもやするのは当然だ。

なので、ネイトがまたルール違反のようなことをしているなら、毅然《きぜん》とした態度で叱らなければならないのだが……。

「ユフィ」

はっと気づくと、ずいぶん近い位置から彼の声がする。色々と考えている間に距離を詰められたようだ。

慌てて顔を上げれば、彼の美しい顔はユフィのすぐ真上にあった。

「あっ……」

「こら、逃げないでくれ」

とっさに後退しようとするも、ネイトが腕を伸ばすほうが早い。

背に回った両腕はすぐに折りたたまれて、ユフィの体をすっぽりとその中に閉じ込めてしまう。

軽い音を立てて頬がぶつかった先は、服ごしでもわかる厚い胸板だ。しっかりとした弾力と心地よい彼の香りに、頭がくらくらしてきた。

「は、離して」

「ちゃんと名前を呼んでくれ」

頭のてっぺんに吐息が落ちて、思わず肩が震え上がる。髪に口づけられているのだと気づいたら、火がついたように体じゅうが熱くなった。

「ほら。婚約者が会いに来たんだ。呼んでくれ」

「……ネイト」

「ああ。会いたかった、ユフィ」

ぽつりと、蚊の鳴くような声で呟《つぶや》いただけだというのに、ネイトは腕をますます引き寄せてぎゅうっとユフィを抱き締めてくる。

少し苦しく感じるほどの抱擁《ほうよう》は、嬉しくて力加減がわからなくなっている大型犬のようだ。彼の場合は、犬よりも狼か熊のほうが近いかもしれない。

「ちょっと、苦しい」

「あ、悪い。これぐらいなら大丈夫か?」

胸を叩《たた》いて抗議すれば、すぐに力が緩む。が、ユフィの体はネイトの両腕に閉じ込められたままで、解放してくれるつもりはないようだ。

「ねえ、離してってば。こんなところで恥ずかしい……」

「恥ずかしくない恥ずかしくない。俺たちは近いうちに夫婦になるんだぞ? 抱き締めるのも口づけるのも挨拶だ。今から慣れておかないとな」

「夫婦でもそんなことしないわよ⁉」

まあ、きっとする夫婦もいるだろうが、少なくともユフィはそんな夫婦になるつもりはない。愛し愛される関係はもちろん嬉しいが、それを皆の前でひけらかすのは、喜びよりも羞恥が勝る。

「恥ずかしがらなくてもいいんだぞ、ユフィ。それに、誰がユフィの夫であるのかをちゃんと皆に知らしめるためにも、こういう日課は大事だ。俺のユフィは世界一可愛《かわい》いから、虫除《むしよ》けは万全にしておかないとな。俺が離れている間に、どこぞの不届き者がユフィに求婚を迫ったりしていないか、毎日気が気でないんだ」

「誰も寄ってこないし、そんな奇特なこと考えるのは兄さんだけよ‼　とにかく離して！」

「また兄さんって呼んでる……」

渋々、本っ当に渋々といった様子で、ネイトはようやくユフィを腕の中から解放する。

が、当然のようにその手でユフィの両腕を掴《つか》むと、お互いの顔が見られる程度の位置にぴたっと体を縫いつけた。

密着姿勢は免《まぬが》れても、これでは気恥ずかしさはあまり変わらない。何せこの男は、誰もが認める絶世の美男子なのだから。

「や、そんな顔でこっち見ないでよ……」

「そんな顔とは、どんな顔だ？」

「そ、それは……口にはできない顔よ！」

愛しい、と言葉にせずとも伝わってくるような、甘くて熱くてたまらない表情、などと向けられた本人が口にできるものか。元々の顔の美しさも相まって、ユフィの心臓は今にも破裂しそうになっている。実に恐ろしい破壊力だ。

とっさに視線を下げれば、つい先ほどまで顔を埋《うず》めていた胸元が目に飛び込む。

ネイトの職業は婚約後ももちろん変わらず、若者がもっとも憧れる国仕えの騎士だ。

清廉さの象徴として白を基調とした開襟型の上着に、金を使った刺繍《ししゅう》や飾緒《しょくちょ》が華やかさを添える、堅いデザインながらもなかなか豪華な制服なのだが……これがとにかく、彼に似合う。

褐色の肌に純白がより映えて、他の者たちにはない色気を漂わせているのだ。

(全然露出してないのに、色っぽいなんて……)

むしろ露出していないからこそ、衣服で隠しきれない彼の鍛えられた体がわかってしまい、気恥ずかしくなるのかもしれない。

自分はつい先ほどまでここに触れていたのだと思い出して、もう体じゅうが暖炉の薪《まき》にでもなったかのように熱い。

「ユフィ」

名前を呼ぶたった一言が、ぞくぞくと肌を震わせる。

恥ずかしいから早く離して欲しいのに、同時に——たまらなく嬉しい。

好きな人が想いを返してくれることがこんなにも幸せだなんて、彼と心が通じるまでは知らなかった。

無論、兄であった時にも溢《あふ》れんばかりの愛を注いでくれたが、婚約者として受け取る愛は、なんとなく質が違う気がしている。

くすぐったくもあり、心地よくもある、ひどく不思議な感じだ。

「ネイト」

絡めた視線に、ユフィも正しい呼び方で応える。

きっと顔は真っ赤で、みっともない表情になってしまっているだろうけど、彼に見られるのはもう今更だ。

腕を摑んでいた右手が離れて、そっとユフィの頰を撫《な》でる。剣を握る白手袋の硬い感触すらも、彼の手だと思えば愛おしい。

「ユフィ……もしかして、痩せたか？」

「へ？」

「ほっぺたのぷにぷに感が少し減ってる。ちゃんと食事はとっているのか？　お茶の時間のお菓子だけを食べているんじゃないのか。駄目だぞ、肉や野菜も食べないと。お前は骨格が華奢《きゃしゃ》なんだから、意識して食事をとるようにだな」

「…………」

――もっとも、兄妹として育った期間が長すぎたせいで、ロマンスが長続きしないのは今後の大きな課題である。

ネイトは兄として暮らしていた頃から、とんでもない過保護ぶりで周囲をドン引きさせていたのだが、婚約者になってもその気質は健在なのだ。

せっかくいい雰囲気になっても、今のような過保護発言でその空気を霧散させてしまうこともしばしば。

ユフィとしては、恥ずかしい触れ合いから解放されてほっとする反面、女としては素直に喜べない複雑な心境だ。

「別に痩せてないし、ご飯はちゃんと食べてるわよ。というか、骨格が華奢って何？　褒めてるの、貶《けな》してるの？」

「どちらでもないぞ。単に俺が心配なだけだ。まあ、俺のユフィは細くても太っていても、世界一可愛いけどな！」

「太らないわよ、失礼ね！」

この男は年頃の淑女をなんだと思っているのか。

片手が離れた分動きやすくなったので、ユフィは強引にネイトから二歩分の距離をとる。

生まれつき美しい彼は、普段淑女たちがどれだけ苦労しているかなど知らないのだ。特に体型の維持は、女性たちの永遠の課題の一つだ。

コルセットをはじめとしたきつい矯正下着を締めるのも、少しでも好きな人にきれいに見られたいからなのに。

（多分『どんなお前でも愛せる』といういい感じの台詞《せりふ》なんだろうけど、言われたほうが喜ぶと思ったら大間違いよ！）

ユフィの照れが完全に怒りになったと悟ったらしい彼は、すぐに両手を上げて降参のポーズをとる。こういう心情を素早く読み取れるのなら、最初から言わないで欲しいものだ。

「失礼いたします、ネイト様。本日のご用件は、お食事をとりに来られたのですか？」

ちょうどいいタイミングで、モリーがユフィの背後につき、侍女らしい丁寧な姿勢で問いかける。

ネイトも、ユフィと二人きりではなかったとようやく思い出したのか、柳眉を大幅に下げて小さく息をついた。

「いや、午前の仕事が早く片付いたから、愛しい婚約者の顔を見に寄っただけだ」

「さようですか。でしたら、今度からは先に報《しら》せを出していただけると助かります。兄君としてのあなた様がここへお帰りになるのは普通でしたが、今のあなた様はファルコナー侯爵家のご子息ですから。格上のご令息をお迎えする以上、当家としても準備のお時間をいただきたく」

「ぐっ……なかなか言うな、専属侍女」

淡々と要望を告げるモリーに、ネイトは一度だけ頬をひくつかせて、ユフィは目を瞬く。

長く勤めているモリーは、当然ながらネイトともユフィと同じぐらいの付き合い期間がある。もとはこの家の息子だった彼に、他人行儀なことを言うのは少々意外だった。

（いや、モリーが言ってることが正しいんだけどね。今の兄さんは侯爵家の人だもの）

侯爵令息をなんの前触れもなしにお迎えするなど、格下の伯爵家としては悲鳴を上げたくなるような一大事件だ。だが、相手はつい先日までこの家で暮らしていたネイトである。

ついでに言うなら、遠くない未来にまたこの家に婿入りすることも決まっている婚約者だ。例外扱いをしても、さすがに怒られることはないだろう。多分。

「モリー？」

すぐ背後の彼女を呼んでみるものの、モリーは使用人らしく深々とお辞儀をして、そのまま動かない。

どうしたものかと彼女とネイトの顔を交互に見ると、先にネイトのほうが「わかった」と疲れたような声をこぼした。

「急に訪ねて悪かった。愛しい婚約者の顔がどうしても見たかったんだよ。今日のところは退散しておく。じゃあなユフィ、また明後日」

「え？　あ、うん」

ネイトはサッとユフィの手を取りその甲に口づけると、上着を翻して颯爽《さっそう》と去っていった。後に残る他の使用人たちも、ポカンと口を半開きにしたまま固まっている。

本当にユフィの顔を見に来ただけで、他に用はなかったらしい。いい加減慣れたつもりだったのだが、相変わらず嵐のような男だ。

「えっと、モリー？　大丈夫？」

とりあえず背後のモリーを確認すると、彼女もどこかばつが悪そうに俯《うつむ》いていた。

「……大変失礼いたしました。お叱りの言葉も謹んでお受けいたします」

「いえ、別に怒るつもりはないけど。兄さんと何かあった？」

モリーはユフィ付きにしておくのがもったいないほど、よくできた侍女だ。先ほど本人も言っていたが、貴族社会における階級の重要さも理解している。

その彼女が、失礼になりかねないような態度をとるのは、少々珍しい。

「特になんということではないのですが……ネイト様がお嬢様を騙していたことが、どうしてもまだ納得できていなくて、つい」

「ああ……」

謝罪の中に怒りが滲《にじ》んでいることに気づけば、ユフィとしては強くは言えなくなる。

モリーは、ユフィのことを思って怒ってくれたからだ。

（元々明言はしていなかったのだから、こちらの勘違いでもあるんだけど。やっぱり騙されていたというのが的確なのかしら？）

となると、ユフィだけではなく、セルウィン伯爵家にかかわったほとんどの人間が騙されていたことになるのだが、そうとしか言いようがないならそうなのだろう。

ネイトとユフィの関係は普通ではないし、ここに至るまで本当に色々あった。

――全ては、今から十年と少し前まで遡る。

当時、ユフィはこのタウンハウスではなく領地の本邸で暮らしていたのだが、六歳の頃に誘拐されてしまったことがある。

犯人は〝悪魔崇拝者〟と呼ばれる邪教の信徒で、ユフィをさらった理由は悪魔召喚の儀式の生贄《いけにえ》として捧げるつもりだったらしい。

この儀式で召喚されたのが、今は婚約者となったネイトで――彼の正体こそ本物の〝悪魔〟だ。

（正直なところ、今でも信じられなかったりするんだけど）

しかし、ユフィはネイトの背にカラスのような美しい黒い羽が生えている姿を見ている。

それに、彼が召喚主ではなくユフィの魂を気に入り、命を救ってくれたおかげで、ユフィは今日まで無事に生きているのだ。

彼が助けてくれなければ、ユフィの人生はたった六年で幕を下ろしていた。

とはいっても、得体の知れない人外の存在だ。ユフィも救われてすぐの頃は、ネイトを傍《そば》にいさせるつもりはなかった。彼を恐れていたと言ってもいい。

優秀で聡明な彼を周囲の皆が認めても、ユフィだけは拒否するつもりだったのに……あろうことか、ユフィが知らないところで契約が結ばれてしまっていたのである。

誘拐現場で死にかけていたユフィが『きれいなおにいちゃん』と呟いた感想を、彼は契約の〝願い〟として了承。その結果、ユフィの過保護な兄が誕生してしまったのだ。

（今更だけど、〝きれいなおにいちゃん〟を悪魔と契約するための願いだと勘違いするのは、無茶だと思うわ）

しかも、そのせいでユフィはネイトと結婚できないと思い、婚活に勤しみ苦しんでいたのだ。本当に迷惑な契約内容である。

そして、そんな契約なものだから当然養子として兄になっているはずが、なんとその手続きをしていなかったというのだから、ますます混乱した。

理由はユフィが悩んでいたのとまったく同じで、養子になってしまうと法律上ユフィと結婚できなくなるから。血が繋がっていなくても、養子は家族と見なされるので婚姻は認められない。

それを避けるために、戸籍上赤の他人のままで十年も暮らしてきたというのだ。先ほどモリーが騙したと言ったのは、このことである。

（まさか、両親も知っていて黙っているとは思わないわよ）

実子のユフィとも分け隔てなく接し、ネイトのことを『お兄ちゃんだよ』と諭してさえいた二人が、彼が他人であることを容認していたのは本当に意外だった。

もっとも、父伯爵はネイトのことを〝娘婿〟と認識していたそうなので、『今は他人でも将来的に息子になるなら同じ』という考えだったのかもしれない。あくまで義理の息子だが。

とにかく、ユフィが無駄に悩むことにはなったものの、ネイトとは無事に婚約することができた。

過程はともかく、結果だけ見ればハッピーエンドである。

ただ、この話はこれだけでは終わらなかった。

まず、六歳のユフィを誘拐した悪魔崇拝者だが、彼はただの邪教徒ではなく、貴族に雇われて人を殺《あや》めようとしていた犯罪者だったのだ。

というのも、彼らが執り行う召喚儀式は基本的には成功せず、〝悪魔のなり損ない〟と呼ばれる異形の化け物『魔物』が召び出されることがほとんどらしい。

そのため、出てきた魔物を使って事故死を偽装しようとしていたのが、ユフィの誘拐事件の真相だった。

当然、標的は生贄にされたユフィではない。狙いは、王太子サミュエルの婚約者であるファルコナー侯爵令嬢ジュディスだ。――早い話が、貴族たちの王太子妃争いである。

ユフィは不運にも巻き込まれただけだったのだが、その生贄の魂に惹《ひ》かれて本物の悪魔が来てしまい、魔物を使った暗殺は失敗。

その十年後、同じ手口でジュディスを狙った事件にまたしてもユフィが巻き込まれたことで、王国最強の騎士となったネイトが解決に協力。十年越しで、ジュディスを害そうとした貴族たちは社交界から一掃された。つい最近の出来事だ。

彼らの敗因は、あの日、六歳のユフィを生贄に選んでしまったことだ。本当に、数奇な運命のいたずらである。

そしてネイトは、事件を解決した報酬として格上の貴族であるファルコナー侯爵家の養子になり、先ほどのやりとりに繋がるわけだ。

言うまでもないが、ネイトは地位が欲しくて侯爵家の養子になったわけではない。曲がりなりにも伯爵令嬢であるユフィと結婚するために、相応《ふさわ》しい後ろ盾を得ただけだ。

そうでなければ、こんなに頻繁にこちらのタウンハウスを訪れたりはしないだろう。ユフィも一度見たことがあるが、あちらの屋敷は比べものにならないほど立派なのだ。

わざわざ狭い伯爵家に〝帰ってくる〟のは、彼の目的が広い家でも立場でもなく、ユフィだからだと実感できる。

(まあ、私のために吟味して決めた養子先らしいし、すごいのは当然なのかも)

ファルコナー侯爵家は今一番勢いのある家で、間もなく〝王太子妃を出した〟という箔もつく。サミュエルが王位を継いだ暁には、別格の貴族になることが約束されている現状最高の養子先だ。

そんなところと親戚になるのは正直恐ろしくもあるが、そもそも婚約者が人外の時点で、ユフィたちは普通ではないのだ。悪魔と結婚するよりおかしなことはないだろう。

「と、とにかく、心配してくれるのは嬉しいけど、私は平気だから。モリーも発言や態度には一応気をつけて。兄さんは大丈夫だろうけど、万が一侯爵家を敵に回すようなことになったら、うちじゃ絶対に勝てないからね」

「はい、申し訳ございません」

深々と頭を下げるモリーを見て、ほっと胸を撫で下ろす。

言っていることはモリーが正しくても、相手が失礼だと感じたらこちらが悪くなったりするのが貴族の上下関係だ。それに、『一介の侍女が侯爵令息に意見をした』というだけで罪だとする輩《やから》もごまんといる。

ネイトはそんな狭量な男ではないし、もしユフィの家と侯爵家が敵対しても彼ならうまく収められる気がするが、用心するに越したことはない。

(婚約できたのは嬉しいけど、手放しで祝福しろっていうのは、まだ難しいわよね……)

はあ、とため息をこぼせば、モリーもなんともいえない苦笑を浮かべる。

とはいえ、相手が見つからなくて……否、真の婚約者候補だったネイトに邪魔され続けて、鬱々としていた婚活中と比べたら、贅沢すぎる悩みだ。

あの期間は本当に、兄の過保護が疎ましくて辛《つら》かった。真相を知ってしまえば、ネイトが他の男を見るなと牽制《けんせい》していたのだから、まあ嬉しい思い出だが。

「さてと、来客が続いたし、少し休憩しましょう。あ、靴もとってこないと」

「そちらは私が部屋までお持ちしますよ」

「ううん、大事なものだから私に運ばせて。せっかくきれいになって返ってきたんだし」

意識して笑みを浮かべれば、モリーの表情も明るくなる。ポカンとしていた他の使用人たちも持ち場へ戻り始めたので、ここからはまたいつもの平和な暮らしになりそうだ。

（せっかくだから兄さんにも見せたかったな。あの白い靴、覚えていますかって）

今もユフィのことばかり気にかけてくれる彼なら、もしかしたら覚えているかもしれない。明後日にまた会ったら、さりげなく聞いてみようか。

そんなことをつらつらと考えながら、応接室へ戻るべく足を進める。

窓の外は今日もいい天気で、抜けるような青空が広がっている。騎士は屋外仕事も多いので、こういう天気が続くとそれだけでほっとするようになった。

（願わくば、どうか）

今日も明日も、ネイトが平和に暮らしていますように。

＊　＊　＊

一方、セルウィン伯爵家を出たネイトは、うんざりした表情を隠しもせずに馬を走らせていた。

決してユフィに会ったからでも、専属侍女に注意をされたからでもない。これから向かう先に対して、うんざりとしかいえない感情を抱いているためだ。

（ユフィの夫となるための養子先としては申し分ないが、こういう部分を考えるとファルコナー侯爵家を選ぶべきではなかったかもしれないな）

低い呻《うめ》きと共にため息をついても、馬上ではあっと言う間にかき消える。

以前の〝きれいなおにいちゃん〟を守っていた自分は、どんな時でも負の態度を出さないように気をつけていたものだが、さすがに今は容赦してもらいたい。

規則正しい馬蹄《ばてい》の音は周囲の景色をぐんぐん抜いていき、やがて通い慣れた騎士団の建物……ではなく、豪奢《ごうしゃ》なデザインの鋳造鉄門と二人の門番たちが視界に入ってくる。

彼らは遠目でもわかる容姿のネイトに気づくと、躊躇《ためら》いなく門を開いた。

（開けなくていいんだが）

などと思っても口にはできず、敬礼の姿勢をとる彼らに軽く手を上げて返しておく。門番たちは自分の仕事をしているだけだ。いじめてもしょうがない。

「お疲れ様です、ネイト様」

そうして騎乗のまま中へ入ると、すぐに別の男が駆け寄ってきた。「馬を預かります」と言っているが、身にまとっているのはネイトの騎士制服に似た黒地に銀刺繍入りの軍装だ。恐らく馬丁ではなく、専属の警備兵だろう。

「厩《うまや》を教えてもらえば、自分で連れていくが」

「とんでもない。お手は煩わせませんよ。それに、〝すでにお待ち〟ですから」

「そうか。では、急いだほうがよさそうだ」

馬から降りて手綱を渡せば、男はザッと姿勢を整えてから馬を連れていく。妙に目がキラキラしていたので、凄腕《すごうで》の剣士として知られるネイトに憧れを抱いているのかもしれない。

（それとも、ここに招かれることを名誉だと思っているのか。望んで来たわけでもないのに）

また息をついてから、ゆっくりと視線を上げる。

飛び込んでくるのは、灰と亜麻色の二色煉瓦《れんが》で彩《いろど》られた、堅牢《けんろう》かつ巨大な外観。等間隔で並ぶ縦長の窓はどれも上部がステンドグラス状になっていて、それだけで手がかかっていることがよくわかる。

裏門でこれなのだから、きっと正面から見たらさぞ素晴らしい景観だろう。建築に詳しくない自分でもそう思うのだから、詳しい者の感想は如何《いか》ほどか。……まあ、ネイトにとってはなんの興味もない話だが。

「王城なんて、用がなければ近寄りたいとも思わないな」

そう、ここは国の象徴ともいえる王城の敷地内だ。ただし、基本的に城勤めの者しか使わない裏口である。

外壁と一緒になっている正門はこことは反対側にあり、もっと警備も厳重だ。加えて、正門から城の正規入口まではとんでもなく広大な庭を通らなければいけないため、ネイトは用がなければ本気で近づきたくないと思っている。

（家の敷地を移動するのに馬車か馬が必須だなんて、時間の無駄以外の何ものでもないだろう。ヒトのすることは、よくわからん）

おおかた、権威を示すためだと思われるが、人間ではないネイトにはその重要性がまったくわからない。『巣』など、自分たちが暮らせるだけの広さがあれば充分だ。

今暮らしているファルコナー侯爵家のタウンハウスも、広すぎて落ち着かないと思っている。

(やはり養子入りは書類だけで済ませて、住み家はそのままにしておくべきだった)

そういう心情ゆえにセルウィン家へ帰りたいのだが、侍女に注意をされた以上、頻度を減らさなければならなさそうだ。帰れないと思うとますます気が滅入《めい》るし、落ち込んでくる。

「ああ、ユフィのいる家に帰りたい……」

遠くへ視線を投げてから、ゆるりと首を横にふる。

……現実逃避もこれぐらいにしておかないと、そろそろ怒られてしまう。

近寄りたくない場所へ赴いたのは、当然用があるからだ。より正確には、呼び出されて仕方なく来ている。

嫌だ、面倒くさいという感情を堂々と顔に出しながら、ネイトは重い足を進めていく。目的地は立派な王城の中ではなく、王族たちの散歩用に整えられたいわゆる裏庭だ。

「これを家の敷地内にわざわざ作るのも、やっぱり意味がわからんな」

花を愛でるための庭園とは違い、遊歩道が主役の裏庭は木々の背も高く、ほぼ林のような造りになっている。

一応、間者が隠れられるような茂みはないが、護衛しづらそうな地形である。

そもそも、無駄に広い王城で暮らしていれば、運動不足など無縁だろうに。王家の人間はよほど歩くのが好きなようだ。

どうでもいいことを考えながら歩くこと数分、木々の間からようやく顔を覗かせた目的地に、ネイトは本日何度目かのため息をこぼした。

「いらっしゃい、時間通りだな」

ドーム状のパーゴラと、それを支える大理石の柱で造られた東屋《あずまや》には、一人の男がティーカップを傾けながら座っている。

肩口で一つに結わえた銀に近いプラチナブロンドの髪と、そこから背に広がる純白のマント。ゆるりと細められた瞳は深海のような青色で、優しい顔立ちとは対照的に冷たさも感じさせる。

「お待たせして申し訳ございません。王太子殿下」

右手を胸にあてて騎士の礼をするネイトに、王太子こと第一王子サミュエル・ジェイド・ノークスは、にこりと口端をつり上げる。

続けて向かいの席を指差すと、無言で『座れ』と命じてきた。その仕草には、生まれついての王族らしい傲慢さのようなものが透けて見える。

ユフィの言葉を借りるなら『物語に出てくる王子様そのもの』らしいこの男は、キラキラした外見とは裏腹に、中身は決してきれいではない。

こうした部分は恐らく、婚約者のジュディスよりもネイトのほうがよく知っているだろう。

大っぴらに話してはいないが、ネイトが騎士団に所属してからというもの、この男には何かと用を申しつけられているのだ。

（ヒトの世の身分とやらは、こういう時に面倒くさい。かといって、この男を殺したら国が傾くからな。他の王子たちに国王は任せられない）

この国には現在王子が三人いるが、長兄のサミュエル以外の二人は、キラキラした外見通りの穏やかで優しい青年なのだ。

王子ならそれでも構わないが、王として国を預かるとなれば通用しない。その点サミュエルは、多少後ろ暗いことでも必要ならば実行する男だ。彼が王太子に選ばれたのも、生まれ順だけが理由ではないだろう。

……という評価はしているが、別にネイトはサミュエルを特別な人間とも思っていない。ユフィと今後暮らしていく国に必要だから生かしているだけだ。

「どうした、座らないのか？」

ネイトがすぐに反応しないのが不服だったのか。サミュエルはもう一度、向かいの席を勧めてくる。今度は指差しではなく、しっかり五本指を揃《そろ》えての促しだ。

「恐れながら、座ってしまうと反応が遅れてしまうので」

「お前が後れをとるような化け物がいてたまるか。そんな者がいるなら、私の首はとっくに胴体と分かれている」

「……そうですか」

暗にネイトも化け物だと言っているが、この一癖も二癖もある王子のことだ、うすうすネイトがヒトではないと気づいているのかもしれない。残念ながら、化け物ではなく悪魔だが。

「とりあえず座ってくれ。話しにくい」

「では、失礼します」

三度要請を受けたので、ネイトもゆっくりと腰を下ろす。石でできた椅子はさぞ冷たいだろうと思いきや、騎士が座る席にもちゃんとクッションが敷いてあり、彼の育ちのよさがわかるというものだ。

「それで、本日のお呼び出しのご用件は？　再三お断りしていますが、俺は殿下の近衛《このえ》騎士にはなりませんよ」

「相変わらずつれないな」

座ると同時に牽制したネイトに、サミュエルは苦笑を浮かべながら大げさに肩をすくめる。

これもネイトが騎士団に所属してからというもの、挨拶のように提案されてきた内容だ。毎度きっちり断っているというのに、懲りない彼は毎回同じ勧誘をしてくる。

「出世扱いなのに、そんなに嫌なのか？」

「ユフィとの時間が減るぐらいなら、騎士そのものを辞めます」

「頑《かたく》なだな」

サミュエルが同じ勧誘をするなら、ネイトが返す言葉も毎回同じだ。いつものやり取りとわかっているので、周囲の者たちにも不敬を黙認されている。

「まあ、今日の用件は別だ。真面目な話だし、お前の力を借りたくてね」

……しかし、サミュエルがすぐに態度を変えたので、ネイトもそれ以上話を続けることなく口を閉ざす。ピリリと張り詰めた空気は、これから話すことの重さを先に語っているかのようだ。

「前置きはなしで本題だ。このところ、悪魔崇拝者たちが行う召喚儀式とやらが異様に増えている。王都近郊はそれほどでもないが、地方ではその影響なのか、魔物の出現も増えているそうだ。解決策を知っているなら、教えて欲しい」

「…………」

まさか、悪魔の自分に悪魔崇拝の相談をされるとは思わず、ネイトは一瞬だけ固まってしまう。

だが、サミュエルの真剣な表情から察するに、嘘《うそ》をついているわけではなさそうだ。

（確かに、数が増えているとは思っていたが……）

ネイトはユフィの願いを叶えるために、悪魔としての力を極力封印し、人間として暮らしている。

それでも、なんとなく肌で感じるものがあった。なり損ないどもが増えているな、と。

そうはいっても、ユフィの生活圏内に近づいてこなければ興味もないので、それをどうこうするつもりはない。そいつらに向ける関心など世間話以下だ。

ただ、こうして王太子たるサミュエルに乞われるとなれば、傍観してはいられないだろう。

「解決策も何も、邪教徒どもを取り締まればいいだけでは？」

「そうしたいのは山々だが、我が国では信仰自体は自由だ。奉っているのが化け物でも、教義に世界の終わりを掲げていても、それだけで取り締まることはできない」

（そういえば、この国は国教がないのだったか）

国が信仰を定めていれば邪教徒などは出にくくなるものだが、反面それ以外を弾圧するようになったり、国王よりも宗教の指導者が力を持ったりするので、このあたりは一長一短だ。

それに、悪魔崇拝者は強引な勧誘などはしない。自分たちを〝選ばれた者〟だと信じている傾向があるので、一般人を巻き込むようなことはあまりないのだ。

……召喚儀式に生贄が必要という一点を除けば。

「では、儀式を取り締まれば……それは難しいですか？」

「やってはいるが、対処が後手だな。行われた形跡を発見して初めて気づくことがほとんどだ」

サミュエルの顔に苛立《いらだ》ちが浮かぶのは、なかなか珍しい。

まあ、召喚儀式は人目につかない場所で行うものなので、見つけられるのが痕跡ばかりでも仕方なくはある。

（何も起きなければ、大抵すぐに片付けられてしまうだろうしな）

痕跡が見つかるような儀式は、生贄が足りなかった結果だ。

少し前に起こった王都近郊の森での事件がまさにそれで、当然サミュエルも知っている。

実行した術者は高確率で〝生贄の補塡〟として奪われて死んでしまい、その結果、儀式の跡が片付けられずに発見されるのだ。

だが、発見はできても解決できないことが多い。何せ、犯人は死んでいるのだから。

先の森で起きた事件は、いるはずのない場所に急に魔物が湧いたり、術者の推定死亡時刻が魔物の出現時間とだいたい合っていたりと、原因として結びつけることができた稀有《けう》なケースである。

「解決策か……難しいな」

そもそもの話、召喚儀式に使われているのは、ヒトの世では廃《すた》れて久しい魔法や魔術といった力だ。ネイトなら今も普通に行使できるが、それを説明しろと言われても難しいし、使えるようにするのはもっと難しい。それこそ、悪魔と契約して願いを叶える形をとらなければ無理だ。

魔法や魔術があることすら知らずに生きてきた者たちに、『さあまずは、魔力の流れを見つけてみよう』なんて教えたところで、できる者がどれだけいるものか。

実際、召喚を行っている悪魔崇拝者たちも、先人が残した方法を守っているだけで、本人たちに素養はまったくない。だから〝なり損ない〟である魔物しか出てこないのだ。

本当に詳しい者がいるなら、必ず本物の悪魔を召喚できる術式を作っているはずだ。

「そもそも、何故急に悪魔崇拝者たちが活発になったのですか？」

「それはもちろん、私のジュディスを狙った一件が知れ渡ったからだな。権力者に雇われて儀式を行い、それが失敗したことで彼らは大幅に株を下げることになった」

「株なんて、元々底辺だと思いますが」

邪教徒なんて蔑称で呼ばれている時点で普通は察すると思うが、自分たちが選ばれた特別な存在だと思っているのなら、また受け取り方が違うのかもしれない。

「貴族なんかに雇われていたのも不服なのだろうよ。それで本物の悪魔を召喚して、名誉を挽回《ばんかい》しようと躍起になっているそうだ」

「悪魔を召喚したところで、挽回できる名誉とは？」

「さあ？」

まず第一に、悪魔の姿形すらこの世界では正しく伝わっていないのに、どうやってそれを証明するのか謎だ。ネイトが王城に招かれるぐらい無知な世界で、何をもって悪魔だというのか。

「それと、被害が出る前に、お前が魔物を殺し尽くしたのも不服だそうだぞ」

「何故俺のことが……。その件は、騎士団の者たちで対処をした、という発表をしたはずでは」

「もちろんそうだ。だが、人の口に戸は立てられん。どこからか真相が漏れたか、『ネイトなら一人で倒せる』と納得されたか。どちらにしても、事実には変わりないからな」

また面倒なことを。もう数えるのも諦めたため息がネイトの口からこぼれる。こうやって実力を褒められるような話になると、必ず厄介な仕事に結びつくのだ。

「魔物の頻出地からも、ぜひネイトを派遣して欲しいという願いが多数届いているな」

「勘弁してください」

ほら出た。予想をまったく裏切らない反応に、もう笑いすらでない。

騎士という職についているなら、困っている者を助けて当然だと思っているのか。それとも、ネイトがずっと演じてきた〝きれいなおにいちゃん〟にそういう姿を見ているのか。

とにかく、どちらでもお断り一択だ。

「俺は愛するユフィが望んだから騎士になっただけです。ユフィと離れることになるなら、喜んで仕事を辞めます。さようなら」

「待て待て。気持ちはわかるが、今辞職したらファルコナー侯爵家の名に泥を塗ることになりかねんぞ。そうなったら、お前の可愛い婚約者とも結婚できなくなるのではないか?」

「チッ」

「王太子の前で舌打ちをするんじゃない。まったく、私の近衛になれば、地方出張など絶対にしなくてもよくなるというのに」

「拘束時間が長くなるのもお断りです」

ネイトの態度に殺気が混じってきたことを悟ったのか、サミュエルは椅子に座ったままで体をネイトから遠ざけるように動かす。

ネイトにとって、ユフィ以外の全ては路傍の石ころと変わらぬ価値しかない。

まあ、ユフィを育ててきたセルウィン伯爵家の者たちには多少思い入れがあるが、それ以外など今すぐに死んだところで何も惜しくない。

ネイトをユフィから遠ざけようとする者は、皆『敵』だ。

「……そうピリピリするな。心配しなくても、遠方へ派遣などしない。私は親類には甘いのだよ、義兄上《あにうえ》」

「養子の俺をそう呼ぶのは問題では？」

「構わんさ。それでお前との繋がりを得られるなら、義兄として敬おう」

だから怒るな、と暗に伝えてくる青眼に、ネイトは一拍待ってから首肯を返す。する気がないのなら、変な話を出さないで欲しいものだ。

「遠方派遣はしないが、代わりに悪魔召喚の儀式について知っている情報を全て教えて欲しい。それなら、お前を派遣しなくても許されるはずだ」

「……ですよね。俺個人の意思を無視した答えをいただけて何よりです」

何もないはずはないと思ったが、やはり別の要求をしてきた。こういうところが、この男らしいと慣れてきた自分も悲しくなる。

「私も板挟みの立場なんだ、わかってくれ。だいたい、お前が強すぎるから皆がお前を求めるようになるのだぞ」

「救われて当たり前だと主張する心根が気に入りません。俺を動かしたいなら、対価を提示してから要求してください。でなければ、騎士など早急に辞めます」

「ユーフェミア嬢以外を対価として認めないくせに、よく言う。これでは堂々巡りだ。ここいらで折れてくれ」

サミュエルはさも譲歩してやったぞ、という態度で接してくるが、普通に考えれば召喚儀式の情報など一騎士が知るはずもない。ネイト以外の者が聞けば、『代替案になっていない』とキレてもおかしくないような話だ。……そんな提案を平然としてくるのが、この男なのだ。

(やはり、俺が普通の人間ではないと、勘づいてるんじゃないか?)

変なところで勘の働きそうな王太子を、殺気を込めない程度に睨《にら》みつける。

癪《しゃく》ではあるが、ユフィとの結婚の障害となるなら、サミュエルの提案に乗るのが最善策だろう。

「……毒虫の入手ルートを押さえてください」

「毒虫?」

ネイトが渋々答えると、サミュエルの目の色が変わった。

「儀式に必ず使うものです。柔らかいものよりも硬い種類を優先的に。抽出した毒素ではなく、わざわざ虫ごと大量に買うような客や、それを飼育している者もかなり怪しいと思います。それから、生きたままの子羊や子ヤギを買っていく者がいたら、用途や所属を検《あらた》めさせるとよいかと。よく生贄に使われるので」

「…………」

淡々と続けたネイトにサミュエルは数度瞬くと、すぐに東屋の外へ向けて手をふった。ネイトの位置から視認はできないが、控えていた部下を動かしたのだろう。

「何故答えられるのかは聞かないでください。俺に話せと言ったのは殿下ですよ。それとも、答えられないと思っていて話せと命じましたか？」

「……いや。お前なら答えられるような気はしたよ」

サミュエルは美しい顔を歪《ゆが》ませながら、呆《あき》れとも安堵《あんど》ともつかぬ呻きをこぼす。

……無理もない。儀式が行われた跡には、恐らくどちらも残っていなかったはずだ。

虫は炭になるまで燃やすので原型を留《とど》めていないし、生贄にされる生物は、魔物が召喚された際に骨も残さずに喰《く》い尽くされる。残骸どころか、魂まで残さず全てだ。

そして、悪魔崇拝者たちは決して儀式の材料を記録に残さない。口伝でのみ語られるそれを、選ばれた仲間に継いでいくらしい。

一般人よりも死への恐怖が薄い彼らは、口を割るぐらいなら自害を選ぶとも聞いたことがある。

（そんなものを平然と答えた俺に、不信感を持ってもいいと思うが）

もしくは、〝ネイトも悪魔崇拝者なのでは〟と疑うのが普通だが、サミュエルは非常に微妙な表情のまま「ネイトだからな……」などと、意味不明なことを呟いている。そこに敵意を感じないのが、素直に不思議だ。

「まだ何か？」

「いや、とりあえずはそちらを探らせてみる。羊やヤギはともかく、毒虫にかかわる者なら犯罪の可能性があると見て話を聞けるだろう。他には？」

「さすがにこれ以上は知りません。召喚儀式の仕組みは、失われた技術でできているために解析不能。これは殿下もご存じでしょう」

「そうだな。どうも、ネイトならなんでもできそうな気がして、いかんな」

まあ、多分できるが。などとはもちろん言わない。

沈黙を貫くこと数秒、下がってよいと合図を出したサミュエルに一礼してから、ネイトはサッと席を立つ。

そのまま一度もふり返らず、常以上に早足で東屋から離れていく。

正直にいって、わざわざ王宮へ呼び出してまで話すような内容だったのか疑わしいが……恐らく、サミュエルが最強と名高い騎士ネイトを呼び出す姿を見せておきたかったのだろう。

王太子は『それができる存在』だと周囲に知らしめる意味合いのほうが、話した内容よりも重要なのだ。

(近衛にはならないと言っているのに、まだ自分の配下に引き入れることを諦めないのか)

だいたい彼はもう立太子が済んでいるし、弟たちと王位争いをしているとも聞かない。貴族たちを牽制するにしても、サミュエルに喧嘩《けんか》を売るような愚か者は、先日のジュディスにかかわる一件でほとんど一掃されたはずだ。

(警戒心が強いのは結構だが、俺を使われるのも面倒くさい。あまり調子に乗るようなら、こちらも態度を考え直す必要があるかもしれないな)

口には出せない解決法を思案しているうちに、遊歩道が終わり、来た時に馬を預かってくれた男が驚いた様子でネイトを出迎える。

「お早いお戻りでしたね！」

「ああ。大した話ではなかったからな」

男はピッと略式の敬礼をすると、すぐにネイトの馬をとりに走っていく。

整えられた住居、勤勉な警備員たち。ネイトがいなくても、ここには快適な暮らしがある。

「放っておいてくれないものかな」

よく晴れ渡る空を見上げれば、ユフィにまた会いたくなった。

二章　恐怖に染まる夜

ネイトがセルウィン家を訪れてから早二日。いよいよ今日は約束の日であり、ユフィが参加する久しぶりの夜会だ。

今夜の目的は出会いの場としてではなく、主催する公爵の誕生日祝いで、招待を受けたのもメインは父伯爵である。

当然、老齢の公爵とユフィは縁も面識もないが、上下関係を重んじる貴族には断れない付き合いがあり、今夜もそういう行事だ。

「できましたよお嬢様。よくお似合いですわ」

「ありがとう、モリー。長い間お疲れ様」

髪の仕上げを終えたモリーが、満面の笑みを浮かべて鏡の前から一歩退く。宣言通りにユフィの支度《したく》に全力を出したモリーの仕事は、本当に一日がかりだった。

起床してすぐに薬草湯のお風呂で肌を磨くところから始まり、マッサージと爪の手入れを手足両方行って、そこからドレスの着付けと化粧、髪の支度をしたのだ。

途中で他の侍女たちにも手伝ってもらったものの、ほぼ一人でこれらを成し遂げたモリーは、本当に万能の侍女だと感心してしまう。

「というか、気合いを入れすぎじゃないかしら。今夜の私は、おまけの参加者なのに」

「何をおっしゃいます！　久しぶりの夜会なのですから、これぐらいでちょうどよいのですよ。お嬢様の愛らしさを、社交界の人々に知らしめなければ！」

「いや、別にいいよ。もうお相手を探す必要もないし」

以前のユフィならモリーの意見に同意して大喜びだっただろうが、今はネイトがいる。

それに、仮にも人様の誕生日祝いなのだから、あまりユフィが目立つ格好をしていっても、それはそれで失礼になってしまう。

（まあ、今日のドレスなら問題ないと思うけど）

ユフィの目の色に合わせたのだろう淡い水色のドレスは、裾にいくにつれて紫になるグラデーションの生地だ。目立つような色でもなければ、貴金属の装飾もほとんどないシンプルな作りになっている。

その代わりに、肌を露出しがちな首や胸元、また袖の部分にふんだんにレースを使用しており、全体的に貞淑でとても繊細な印象に仕上がっていた。

唯一の取り柄と呼ぶべきピンクブロンドの髪は、一部を結ってドレスと同色のレースで飾っており、残りはそのまま背に流す形だ。

「お嬢様は本当に妖精のように可憐《かれん》です……支度を担当した私でも、見惚《みと》れてしまいますわ」

「おおげさだってば」

でもまあ、この仕上がりにはユフィも大満足以外の感想はない。久しぶりの夜会で緊張していたところもあったものの、これなら胸を張って参加できそうだ。

（靴も歩きやすいしね）

裾に隠れた足元には、もちろん直してもらった例の靴を履いている。支度はほぼ完璧、後はユフィの心次第だ。

「おや、これは美しいお嬢さんだ。花の妖精が迷い込んできたのかと思ったよ」

「ありがとうございます、お父様。お世辞でも嬉しいです」

確認を終えて部屋を出れば、廊下で焦げ茶色の礼服を着た紳士が待ち構えていた。

社交界デビューを済ませた娘がいるようには見えない容貌の彼は、ユフィの父である現セルウィン伯爵だ。

（あ、そうか。このドレスの色……）

にこにこと笑う父を見て気づく。父の髪は白茶色だが、目の色はユフィと同じ凪《な》いだ湖畔のような碧色なのだ。

きっと久しぶりに同行する父娘に合わせて、モリーがあえて選んでくれたのだろう。

（兄さんが私のパートナーを務めるようになってから、お父様と社交の場に同行することはほとん

どなかったものね）

今日のように家族一同が招かれる大規模な夜会は、年に数えるほどしかない。ならば、この機会を父と一緒に楽しむのもいいかもしれない。

（というか、ちゃんと正装をすると、やっぱりうちのお父様は見た目が若いわよね）

比べるような機会もなかったので知らなかったのだが、ユフィの父は実年齢よりもだいぶ若々しい。本人は舐《な》められるからあまり嬉しくないらしいが、王都の女性たちが父を褒めるのを聞くと、やはり少し誇らしい気持ちになる。

愛妻家な上に一人娘を溺愛していることをユフィ本人が一番よく知っているので、浮気の心配などをまったくしなくていいのも喜ばしいことだ。

それに、見た目は若くほわほわしているように見えても、伯爵家の当主である。

堅実な領地運営と、先に起こったジュディスを狙った一件でも父はかなり尽力しているので、国王の覚えもめでたい。なんだかんだ言って、自慢の父なのだ。

（婚活中は、縁談を持ってきてくれないことを恨んだりもしたけどね……）

ほんの一月と少し前のこととはいえ、済んだ話だ。恭《うやうや》しく手を差し出す彼に合わせて、ユフィも手のひらをそっと重ねる。

「いくら父上でも、ユフィのエスコート役は譲れないな」

……というところで、エスコートのエの字が始まる前に、聞き覚えのある声がエントランスから響いてきた。

慌ててそちらへ向かえば、階下のエントランスに、ユフィに向けて手を伸ばすネイトが立っている。上階へ向けているせいか、まるで舞台俳優の求婚シーンのような姿だ。

(か、格好いい……)

普通の人間がやれば冗談になりそうなそれも、絶世の美貌と引き締まった体軀《たいく》の彼がやると、見惚れる以外の選択肢がなくなってしまう。

白いシャツに濃灰色のベストとジャケットというごくありふれた装いも、彼がまとえば極上の正装に見えるから困る。

「いらっしゃいネイト。たまには私にも、可愛い娘のエスコートをさせて欲しいんだが」

「申し訳ないですが、駄目です。この家にいた時から、俺が不在の時のみお願いしますとお伝えしたじゃありませんか」

「はは、残念だが仕方ないか」

父伯爵はあっさりとユフィから離れ、代わりとばかりにネイトが階段を駆け上がってきた。十年一緒に育ち、こうやって向かい合うことなど何度もあったのに。

(兄じゃなくて一人の男の人として見ると、こんなにときめくのね)

ユフィが好きな恋愛小説の一幕を切り取ったような景色に、胸が早鐘を打つ。

ほどなくしてユフィの目の前まで近づいた彼は、しゃんとした騎士らしい姿勢で再びユフィに手を差し出してきた。

「お手をどうぞ、愛しい人。こんなにきれいな女性をエスコートできるなんて、身に余る光栄です」

「なっ!? お、おだてても何も出ないわよ」

「ただの本心だ。俺が世辞を言うような男に見えるか?」

「……見えない」

嫣然《えんぜん》とした彼に答える声が震えてしまう。

恐る恐る手を添えれば、途端にネイトの表情が少年のような屈託のない笑みに変わった。

摑んだ手のひらは温かく、大きさが全然違うユフィの手を宝物のように包んでくれる。

「会えない二日が本当に長かった。いい夜にしような、ユフィ」

「……うん」

まだ出発前なのに、なんだか心が満ち足りてしまう。今まで数多《あまた》の恋愛小説を楽しんできたユフィだが、ネイトはきっと、どんなヒーローにも負けないだろう。

「二人とも、仲睦《むつ》まじいのは大変結構だけど、お父様のことも忘れないでおくれ」

「あっ、す、すみませんお父様!」

なんて甘い空気を楽しんでいたら、どこかからかうような響きの父の声で現実に戻される。

とはいっても、元よりネイトを娘婿だと思っていたらしい父は、どう見ても嬉しそうだ。もしかしたらもっと前から、ネイトとユフィがこうして兄妹ではない立場で仲良くしている日を夢想していたのかもしれない。

「いちゃいちゃさせてあげたいけれど、時間も有限だからね。続きは馬車でするといい」

「いえ、さすがにお父様の前ではそんなことしません……」

「何故だ？　ご本人から勧められたのだから、いちゃいちゃしよう」

「できません！」

ギュッと手を強く掴んでユフィが先に歩き出せば、ネイトも歩幅に気をつけながらついてきてくれる。一歩遅れて続く父も、小さく鼻歌を歌い出すほど上機嫌だ。

「待てユフィ、俺を引っ張って階段を下りるのは危険だ。ちゃんと裾を持ち上げて、地面を確認しながら一段ずつ歩かないと。怪我《けが》でもしたらどうするんだ」

「自分の家の階段ぐらい歩けます!!」

相変わらず過保護なことを言うネイトに、周囲で控えていた使用人たちも苦笑をこぼしているが、この空気は決して嫌なものではない。

久しぶりの夜会だが、きっと素敵な夜になる。そんな予感を覚えながら、見目麗しい男性を両側に引き連れたユフィは屋敷を出発した。

「そういえば兄さんは、うちの馬車に乗っていくのね。ここまでは馬で来たの？」

「だから兄さんじゃないと言っているのに……いつも通り馬で来たな。侯爵閣下は馬車を出してくださるとおっしゃっていたが、俺が断ったんだ」

道すがらネイトに侯爵家でのことを色々聞いてみたのだが、騎士として勤めている時間が長く、屋敷には寝に帰っているだけの生活らしい。

ファルコナー侯爵家のタウンハウスといえば、王都の貴族邸宅の中でも随一の広さを誇る素晴らしい屋敷だというのに、もったいないことだ。

他にも、侯爵はネイトに様々なものを用意してくれると言っているのだが、ネイトのほうがそれを断っているのだとか。

「せっかくご厚意で用意してくださるのなら、素直にいただいたら？」

「食事や衣類はありがたく頂戴している。だが、さすがに養子入りして一月程度で、俺用の馬車を用意してもらうのは気が引けるだろう」

「せ、専用馬車……それは、確かに」

どうやら思っていたようなものとはスケールが違ったことに気づき、ユフィと父は乾いた返事しかできない。

馬車なんて、一家で一台あれば基本的には充分だ。それすら維持できない貴族もごまんといる中で、一人に一台なんて言えてしまう侯爵家の財力はとんでもないとしか言いようがない。

しかも、ユフィが見たことのある侯爵家の馬車は、二頭立てのとても立派なものだった。客車部分もかなりしっかりとした造りだったことを覚えている。

「本当にすごい家と親族になってしまうのね」

「うちだって、馬車は王都用だけで二台持っているだろう。それに、豪奢な装飾や広すぎる客車は、どうも落ち着かない。馬車の座席も屋敷の部屋も、俺は少し狭いぐらいが好きだな。ユフィともくっついていられるし」

そう言うと、ネイトはユフィにぴったりと肩を寄せてくっついてくる。婚約関係になったので、席順はネイトが隣で父が向かいなのだ。

「ネイト、一応断っておくが、うちの馬車は別に狭くないからね？　どちらかといえば、お前の体格がいいだけだから」

「もちろんわかってますよ。無駄に脚が長くてすみません、父上」

「兄さんが言うと、嫌みじゃなくてただの事実だからね……」

ちらりと視線を下ろせば、組まれたネイトの脚がよく見える。同じような姿勢で座っている父と比べても、長さの差は歴然だ。

（お父様だって背も低くないし脚も短くないのに、改めて兄さんのスタイルのよさが怖い……）

ネイトの場合、それを特に自慢もしないし、体格のよさにいたっては『ユフィのために鍛えた体』だと明言したりしている。容姿のよさを自覚した上で頓着しないというのも、また違った意味で困ったものだ。

なんとなくしょんぼりしてしまった父を慰めながら別の話題を探していると、馬車の速度がゆるやかに落ちていく。

「……あ」

カーテンを開けて外を見ると、夜だということを忘れてしまいそうなほど、煌々《こうこう》と光る明かりが視界に入ってくる。招待客に道がわかりやすいように、足場にランプを取りつけて並べ立てているようだ。

「公爵閣下のお心遣いだろうね」

どこか幻想的な道のりを、ゆっくりとした速度で進んでいく。しばらく徐行していくと、とても広大な馬車停《と》め場に到着した。広さも桁違いだが、そこに停められている馬車の数は、おおよそ普通の夜会ではお目にかかれないような多さだ。

恐らくは、王都にいる貴族のほとんどが集まっているだろう。貴族以外の人々も含まれているかもしれない。

「なんだか、すごい夜会ですね……」

緊張がまた少しずつ戻ってくるような気がする。これほどの規模の夜会で失敗をしようものなら、朝を待たず即座に醜聞が知れ渡るだろう。

（支度は大丈夫。髪も崩れてないわよね。平常心平常心）

「そう緊張するなユフィ。久しぶりだから仕方ないかもしれないが、規模が大きいということは同時に人波に隠れられるということでもある。よほどのことをやらかさなければ、皆自分たちの会話に一生懸命で、他人など気にしないだろうさ」

「それならいいけど……」

人々の動きに倣うように、ユフィたちもゆっくりと馬車を降りる。

途端に、空気がざわっと震えた気がした。

(……そうよ、すっかり忘れてたわ)

父とネイトが先に降りて、次にユフィを降ろす。そのささやかな時間でも、好奇心いっぱいの視線が刺さってきた。

最強の騎士として名が知れている上に、他にはいない異国風の絶世の美貌。そんなただでさえ目立つネイトが、今もっとも勢いのあるファルコナー侯爵家の養子になった。

理由はなんと、妹だった女と結婚するため……なんて、噂《うわさ》好きの貴族でなくとも真相が気になる話だ。

(兄さんは仕事で参加していたかもしれないけど、私が夜会に出るのは約一月ぶりだもの)

しかも、最後に出席したのは、王太子の婚約発表の場だ。王家主催という、こちらもとんでもなく参加者が多かった夜会なので、ほとんどの貴族に情報が知れ渡っている。

皆がざわつくのも当然というものだ。

(出席してたお茶会は、小さなものばかりだったしね)

ひょっとしたらお茶会では気を遣って触れずにいてくれたのかもしれないが、こうして社交の場に参加できるとわかれば、詳しい話を根掘り葉掘り聞かれる可能性が高い。

ネイトには緊張して言えない・聞けないようなことも、ユフィにはぶつけてくる者が多いのは婚活期間で体験済みだ。

「ユフィ、どうした？」

「なんでもないわ。ただ、ちょっと面倒なことになるかもしれないなあと思って」

ネイトの陰でそっと息をこぼせば、おもむろに彼の顔が近づいてくる。

「え、ちょっ……⁉」

まさか、キスされる、と思わず身構えるも、彼の唇はユフィの額に優しく触れるだけで、すぐに離れた。近くにいなければわからないほど、ささやかな接触だ。

「できれば唇にしたいが、化粧が落ちてしまったら俺では直せないからな。大丈夫だ、ユフィ。何があっても俺が守る」

「……あ、ありがとう」

続けて、至近距離でふわりと微笑《ほほえ》まれて、ユフィの心臓が暴れるように鼓動を速める。愛情を示してくれるのはもちろん嬉しいけれど、心の準備をする前にされては身が持たない。

きっと真っ赤だろう顔を片手で隠しながら、もう一方の手をネイトに引かれて会場へと歩き出す。

周囲の視線も一緒にくっついてきたが、先ほどよりはそれを気にせずに進むことができた。

「わ、すごい……」

数分も歩けば、公爵家の所有するホールへと辿《たど》りつく。

外観はそれほど特別な印象もなく、むしろ家柄の割には地味なほどだったが……いざ中へ招かれれば、王都じゅうの貴族を集めるのに相応しい造りだった。

通常の建物なら三階分はありそうな吹き抜けの天井ははるか高く、その全面に素晴らしい絵画が描かれている。つり下がる豪奢なシャンデリアには大粒の雫《しずく》型ガラスが滝のように連なり、光を反射して眩《まぶ》しいぐらいだ。

歓談用の席も決して華美ではないものの、周囲の壁紙一つ、柱材一つ見てもどれも最高品質だとユフィにもわかるほどで、足元に敷かれた絨毯《じゅうたん》すらも踏むのが恐れ多い。

「いくらするんだろうとか、失礼なことを考えてはいけないのだけど……すごいわね」

「もっと派手な会場を持っている家も知っているが、こちらは内装の質にこだわったのだろうな。建材もいい物を使っているようだし、寒い季節にもここは使えそうだ」

「真冬の夜会は遠慮したいけどね……」

しかしながら、今夜のような人数が集められるとしたら、確かに真冬でも夜会を開くことが可能かもしれない。広々としたホールだが、ギャラリー部分までしっかり客人で埋められている。窮屈にならない程度の満員という感じだ。

「これだけ盛大に誕生日をお祝いされるのも、人望があってこそよね」

「ユフィが望むなら、同じぐらい盛大に祝おうか?」

「いやいや、いらないわ。私は親しい人とだけ祝いたい派だから」

ネイトなら有言実行しかねないので、ここはちゃんと断っておく。

今夜は誕生日祝いにもかかわらず、『プレゼント不要』と招待状に書かれていたのも納得だ。全ての参加者がプレゼントを持ってきたら、それだけできっと倉庫が必要になってしまう。

まあ、そう言われて素直に何もしないなんてことはあるわけがなく、招待客は皆、一家から代表という形でプレゼントを贈るのだそうだ。

枯れたら処分できる生花や日持ちのする食材などを贈る人がほとんどで、そのままお金を渡す家もあるらしい。

セルウィン伯爵領は果樹栽培が盛んなので、許可をとって先に贈っているとのこと。もしかしたら、今夜の立食メニューに使われているかもしれない。

「さて、では私は挨拶回りに行ってくるよ。お前たちも、あまり羽目は外しすぎないようにね」

「はい、行ってらっしゃいませ」

父伯爵は軽く手を上げると、慣れた足取りで会場を進んでいく。

今夜の主役は当主なので、挨拶回りも当主たちが先だ。若者はしばらく時間を潰してから行くぐらいでちょうどいい。

「さてと、どうするユフィ？　とりあえず何か飲むか？」

「そうね。じゃあ、お酒じゃないのを少しだけ」

誘われるまま会場をぐるりと見渡せば、どの給仕役も慌ただしく走り回っている。あれを引き留めるのは、一般人には難度が高そうだ。

「立食テーブルのところに行きましょうか。そのほうが早そう」

「もう腹が空いたのか？　ユフィは可愛いな」

「違います！　兄さん本当に、そういう失礼なことを私以外に言わないでよ？」

せっかく見てくれはいいのに、変なところで配慮の足りない男だ。

とにかく飲み物をもらおうと壁際へ進んでいけば、人々の視線もくっついてくる。

わずかに嘲りのような感情が混じったのは、夜会で立食テーブルに入り浸るような者は、社交に失敗したという印象になるからだ。

用意されたものを利用するのは自由だろうに、こういうところも貴族社会は面倒くさい。

「ユフィこれでいいか？」

「ん、ありがとう」

人波をかきわけてテーブルになんとか辿りつき、ユフィは果実のジュースを、ネイトは軽い酒のグラスをもらって、カチンと縁をくっつける。

端から眺めても、今夜はずいぶん盛況なようだ。会場じゅうから歓談の声が響き、耳がずっとざわざわしている。

ユフィとネイトの動きを追ってくる視線は多くとも、わざわざ声をかけてこないあたり、きっと好奇心のために時間を割くのが惜しいのだ。

(これなら今夜は平和にすごせるかも)

ホールの奥では管弦楽団が準備を進めているので、後ほどダンスの時間もあるようだ。

今日は靴にも気を遣っているし、ユフィとしてもネイトと踊りたい気持ちはあるが……そこはまあ状況次第だ。

「おいネイト！」

ぼんやりと会場の様子を窺《うかが》っていると、人々をかき分けて体格のいい男性が近づいてくる。

身にまとっているのは、ネイトの騎士制服によく似た白い軍装だ。ただし、彼が身につけているもののほうが装飾が多い。

「王太子の近衛騎士だ」

「えっ、殿下の？」

ぼそりと耳打ちされた言葉に、ユフィは少しだけ驚く。それはつまり、王太子がこの会場に来ているということだ。

公爵家といえば王家の親戚筋なので王太子がいても普通だが、多忙な彼は王家主催の夜会以外にはあまり参加をしないと聞いていたので、少々意外だった。

「何かあったのか？」

「この場で詳細は伝えられないんだが、ちょっと面倒ごとが起きてるみたいでな。悪いが少し手を貸してもらいたい」

男性が言い終わる前に、ネイトの整った顔が明らかに歪んでいく。口にはしていないが『よくもユフィとの時間を邪魔しやがって』という怨嗟《えんさ》の声が聞こえてきそうな表情だ。

「近衛が傍を離れるような状況なのか」

「お前を呼ぶために仕方なくだよ。すぐに持ち場に戻らなきゃならない。剣はこっちで用意してるし、特別手当ても出す。少しでいいんだ、頼むよ」

彼のほうがネイトより年上に見えるが、ぺこぺこと頭を下げる様子はどちらが上かわからない。

ネイトは眉間に深い皺《しわ》を刻みながら、渋々といった感じでユフィに向き直った。

「兄さん、お手伝いに行ってあげて。私なら大丈夫」

「だが、せっかく久しぶりの夜会なのに……」

「問題が起こったなら仕方ないわよ。それに、どこかの誰かさんのせいで、夜会を眺めているだけの状況には慣れているもの」

「…………」

ネイトなりに多少は罪悪感があるのか、しょんぼりと視線を落とす。それだけで、報われなかった婚活期間の悲しみが少し晴れた気がした。

「わかった、行ってくる。だが、すぐに戻ってくるから、ユフィ一人でウロウロしないようにな。美味《お》しいお菓子があると言われても、知らない男について行ったら駄目だぞ？　なるべく明るくて、人目の多いところで……」

「だから、あなたは私をいくつだと思ってるのよ！」

ユフィが強い口調で返すと、ネイトは近衛騎士と共に駆けていった。何度もこちらをふり返るところは、兄だった時からちっとも変わらない。

（まったく、婚約者になっても子どもみたいな扱いをして！　大事にしてくれるのは嬉しいけど、言い方ってものがあるでしょう）

せめてもう少し……例えば『俺以外の男を見るな』など、大切な相手としての独占欲を示してくれるなら、ユフィも普通にときめく、かも、しれない？　自信はないが、子ども扱いされるよりは素直に聞けるような気がする。

「……でも、近衛騎士が手を借りに来るなんて、なんだろう？」

王太子の近衛といえば、当然騎士の中でもエリート中のエリートだ。勧誘を断り続けているネイトは例外だが、皆が憧れる立場であることは間違いない。

そんな人物がわざわざネイトを探して迎えに来るなんて、穏やかな話ではなさそうだ。

（でも、屋敷の警備はしっかりしているように見えたし、揉《も》めている人もいないわよね？　これだけ沢山の貴族が集まっているのだから、何か起こったらすぐ知れ渡るだろうし）

何も起こりえない場所だからこそ、ネイトが連れ出されたという事実にうすら寒いものを感じてしまう。

それこそ、ネイトを諦められない女性が暴れているだとか、そういうわかりやすい問題であることを願うばかりだ。

（さて、兄さんがいないなら、私も逃げないとね）

ネイトが離れたあたりから、周囲の人々が少しずつユフィに近づいてきている。

世に恥じるようなことはないが、わざわざ噂の中心になりたいとも思わない。

「ごちそう様です」

ジュースの入っていたグラスを立食テーブル付近の給仕係に返すと、ユフィは会場の壁側にそって静かに歩いていく。

なるべく人のいないほうへ、人目につかないほうへと。

どれだけ黙って夜会に参加しても必ず追ってきたネイトなら、ユフィが会場のどこにいてもきっと見つけてくれるだろう。

人混みを避けて、逃げるようにそろそろと離れていく。

やがて、ギャラリーへの上り階段用通路まで来ると、ようやく人の視線が途切れた。

「結構しつこかったわね……」

注目されることが得意ではないので、妙に疲れた気がする。はあ、と深く息を吐いてから、冷たい通路の壁にもたれかかる。

「ここ、誰もいなくて静かね」

ずっとざわざわした場所にいたせいか、静寂に耳が少し痛い。

確かギャラリーのほうにも多くの人がいたはずなので、ネイトが戻ってくるまではこの通路で休ませてもらうのがよさそうだ。

「………」

ユフィの向かいには、壁一面を埋めるような大きな絵画がある。

芸術分野は教養程度にしか嗜《たしな》んでいないが、そんなユフィが見ても、その絵画には奇妙な印象を覚えた。

通常、人を招く場所に飾られる絵画といえば、温かな風景画や花・天使などを題材にした『美しい』と素直に感じられるものが多い。歴史の長い家なら、当主の肖像画などもよくある。

しかし、今ユフィの目の前に広がっているのは、穏やかとは程遠いおどろおどろしい絵だ。

黒い煙の上がる荒野と、地面を埋め尽くすような量の人骨《したい》。

そして、軀《むくろ》の山の上で、短い黒髪の男が剣を掲げて立っている。

「なんだか怖い絵……どうしてこんなものを飾ってるのかしら」

それも、こんなに巨大な絵を通路に飾るなんて、趣味がいいとは言いがたい。

(著名な画家の作品だとしたら、こんなところには置かないわよね)

絵画を包む金の額縁を確認すれば、異国の言葉で書かれた題字と、その下にあるかすれた訳文がかろうじて読み取れた。

「アドラム戦役、の……？」

正式な題名はわからないが、戦争をテーマにした絵画のようだ。

アドラムという名は、ユフィも一応聞き覚えがある。百年ほど前に起こった戦争の中でも、特に被害が大きかった地方の名前だ。

一応というのは、このアドラム地方が今はもうなくなっており、この戦争をしていた海の向こうの二国も、今は別の名前の国になっているためだ。

(国境が大きく変わる戦争だったって歴史の勉強で習ったけど、どうしてその戦争を描いた絵画がまったくかかわっていないはずの我が国にあるのかしら？　公爵閣下の趣味？)

何が理由だとしても、ユフィにはわからない感性だ。この絵画を見ていると不安な気持ちがこみあげてきて、どうにも落ち着かない。

(参ったな、せっかく静かなところを見つけたと思ったのに)

なんだか怖い絵と共にすごすか、それとも会場へ戻って噂話のネタになるか、どちらも選びたくないので悩ましいところだ。

しかし、その選択は思わぬ形で決着がついた。

「すごい絵ですね」

「……っ!?」

突然隣から聞こえた声に、思わず後ずさってしまう。

この広くもない通路には、つい先ほどまで誰もいなかったはずだ。

(こんなに静かなところで、人の足音を聞き逃すなんて)

そのまま二、三歩下がってから、そっと視線を上げる。聞こえたのは、男性の低い声だった。

「ど、どなたで……え?」

次の瞬間、視界に飛び込んできた人物の姿に、ユフィは再び言葉を失う。

純白のストンとしたワンピースのような衣装に、同色の上着は裾が足首まであり袖口が広い。どちらも布縁を金で飾った高級な装いであることはわかるが、この国ではあまり見ないデザインだ。

首につけた純金と思《おぼ》しき環装飾も、まるで拘束具のような変わった形をしている。

そして何より、ユフィが言葉を失ったのは、彼の容姿だ。

彼の肌は褐色で、背に流している長い髪も炭のような漆黒だった。

(兄さんと、同じ……?)

この国の人間は色素が薄く、肌も髪も淡い色をしている者が多い。

だからこそ、真逆の色をした肌や髪を持つネイトはとても目立つし、異国風のその容貌は珍しさも相まってとても評判がよかった。

出身地について特に揉めたとも聞かないので、恐らくは適当に誤魔化しているのだろう。

だが、今目の前にいる人物は、ネイトとそっくりな褐色の肌に黒い髪だ。彼の正体を知っているからこそ、ユフィにとってそれは脅威に感じられた。

「あの？」

「は、はい！」

さらに声をかけられて、思わず返事が裏返る。

慌てて口を押さえれば、こちらを向いた彼はどこか困ったように眉を下げていた。

（……あ。なんか、優しそうな人だ）

肌と髪の色にばかり気を取られていて、ここでようやく彼と目を合わせる。

決して不細工ではないし、どちらかといえば整った顔立ちは、優しげ……というよりは、かなり気弱そうだ。

ユフィを見つめる緑色の瞳にも、困惑と戸惑いがはっきりと浮かんでいた。

「すみません、急に話しかけてしまって。もしかして、こちらの国では失礼なことでしたか？　あまり詳しくなくて」

「いえ、大丈夫ですよ。私こそ、すみません。隣に人がいるとは思わなかったものですから、ちょっと驚いてしまって」

「そうなのですか？　それは失礼しました。僕、存在感が薄いといつも言われるので、そのせいかもしれません……」

（うっ！）

乾いた笑いを浮かべつつも、明らかに悲しそうな雰囲気になってしまった彼に、良心が痛む。

彼は普通に歩いてきたのに、ユフィが気づかなかっただけの可能性もあるので、なんだかいたたまれない。

「いえ、私が悪かったんです。絵に集中していて、気づけなかったのかと」

とっさに言い訳をすると、彼はチラッとこちらを見てから、沈んだ空気を少しだけ回復させる。

ただ、どうにも風に飛ばされそうな儚《はかな》さがあり、ネイトとは真逆だ。

ネイトは顔立ちの美しさもさることながら、目つきは鋭いし、体格もいい。自分を取り囲む全ての者を釘付けにしてしまうような、強い魅力がある。

「あの、この国の方ではないのですよね？　見たことのないお召し物なので」

「はい、僕は＊＊＊から来ました。こちらより東側の国です」

（ん、今なんて言ったのかしら？）

決して聞き取れない声量ではなかったのに、国名の部分だけがよく聞こえなかった。この国には馴染《なじ》みのない言葉だったのかもしれない。

ただ彼の装いは、何かの本で見た覚えがある。砂漠のほうの民族衣装がこれに似た形をしていたはずだ。日光を反射するために白い生地を使い、熱を逃すために裾や袖口が大きく開いているらしい。

近隣に砂漠のある国はないので、恐らく彼は海の向こうの外国からの客人だ。

（さすが公爵閣下は交友範囲が広いのね。そんな遠くからも誕生日を祝いに来てくれるなんて）

この国の言語もとても上手だし、位の高い人物なのかもしれない。

とりあえず曖昧に笑ってみせると、青年もつられるようにニコッとした後に、再び視線を目の前の恐ろしい絵のほうへと戻した。

「僕もこの王のように、強く凛々《りり》しい男ならよかったのですが」

「王？　ここに描かれている男性は、国王なのですか？」

「はい、後に滅んだ帝国の王ですよ。恐ろしく強く、残忍な人だったそうで、このアドラム戦役でもたった一人で何千もの民を殺したと言われています」

「そんなに……」

それが本当なら、殺人鬼なんて呼び名では生ぬるいほどの凶悪さだ。後世で脚色されているにしても、こんな絵が描かれるほどなら相当だったのだろう。

「悪魔のような男、として名が残っている王です」

その言葉に、思わずびくっと肩が跳ねる。ネイトと彼、そしてこの描かれた王も髪が黒いせいで、つい過敏になっているようだ。

この国では珍しくても、別の国では黒髪なんてよくあるのに。

「あ、すみません！　変な言い方をしてしまいました。決して人を殺めたいとか、そういう願望を持っているわけではありませんので！」

ふいに男性はハッとしたように両手を組んで、ユフィのほうに体ごと向けてくる。顔色は真っ青で、目尻にはうっすらと涙まで浮かんでいる。

「そんな風には受け取っていないので大丈夫ですよ」

「そ、そうですか……僕はこんな調子なので、もっと強くなりたいだけなんです」

ユフィが素直に返すと、彼は組んだままの両手をもじもじと胸の前でいじり始める。

普段ネイトのような堂々とした男性ばかりを見ているせいか、彼の弱々しい態度は、新鮮にすら感じられた。

衣服の質から見ても良家の子息のように思えるが、ちらちらとユフィの顔を窺って発言したりと、気弱を通り越してやや卑屈にすら見える。

（なんだか生きにくそうな人ね……良家のご子息なら、胸を張って生きるように教育されると思うんだけど、よその国は違うのかしらね）

ユフィは何もしてやれないが、まあ強く生きて欲しい。

「ディエゴ様！　こちらにいらっしゃったのですね！」

そんなことを考えていると、また別の若い男性の声が聞こえてくる。

視線を向ければ、会場側から従者と思しき男性たちが慌てた様子で駆け寄ってくる。衣服や肌の色がこの国の民のものなので、きっと公爵家がつけた世話係なのだろう。

「ディエゴさん？　あなたのことかしら」

「あ、はい。僕の名前です。失礼ですが、お名前をお聞きしても？」

「私はセルウィン伯爵家の娘、ユーフェミアと申します」

そういえば名乗っていなかったことに気づいて、さっと淑女の礼をもって頭を下げる。

つられた彼――ディエゴも上着の裾を持って頭を下げるので、可愛らしくて少し笑ってしまった。

「これはユーフェミア様。ディエゴ様のお傍についていてくださり、ありがとうございました」

公爵家の従者たちも、ユフィの姿を見て深く頭を下げて礼をしてくれる。

雇い主の家柄を考えれば、やや大げさなぐらいだ。

「いえ、私は何もしていませんし。見つかってよかったですね」

「はい。お恥ずかしながら、ディエゴ様付きの従者を見繕うのに少々時間がかかってしまいまして。お待たせして申し訳ございません。さあ、会場へ参りましょう」

従者たちは心底ほっとしたように頬を緩めると、丁寧な所作でディエゴを会場へと促す。

……が、当の本人は何故か彼らを見ることなく、じっとユフィのほうを見つめたままだ。

「あの、ディエゴさん？　皆さんもこう言ってますし、今夜は公爵閣下の誕生日祝いのおめでたい席ですから。どうぞ会場へ……」

「ユーフェミアさんは、会場に行かないのですか？」

さらに、ユフィの言葉を遮るように問いかけてくる。声には、明らかな不安が滲んでいた。

「私は今パートナーを待っているんです。ですので、どうぞお気になさらず」

「ぱーとなー……同伴者さんがいるのですか？」

「はい、そうですよ。今夜は、婚約者と一緒に参加させていただいてます」

こんやくしゃ、と小さく呟いた後、ディエゴは顔を俯かせてしまう。

変なことを言ってしまったか、と無言で従者たちに問うも、彼らも首をかしげるばかりだ。

「……あの、ユーフェミアさん」

数秒ほど待って、ディエゴは再び顔を上げる。……まるで、捨てられた子犬のような、助けを求める弱々しい目つきで。

「婚約者さんが戻るまででいいので、僕と一緒にいてもらえませんか？　この国の人、まだ全然知らないので、一人で行く勇気がなくて……」

「え？」

意外すぎる提案に、ユフィと従者たちは目を瞬く。

基本的に、婚約者がいる女性が親類以外の異性と二人でいるのは、褒められたことではない。これは男性側も同様で、浮気を疑われかねないからだ。

なので、できればユフィも断りたいのだが、ディエゴはすがるような目でじーっとこちらを見つめてくる。

「ひ、一人じゃないですよ？　皆さんが一緒にいてくださるのですよね？」

「はい、それはもちろん」

「…………」

公爵家の従者たちがしっかりと首肯しても、ディエゴの視線はユフィに向けられたままだ。

「えーと、どうしましょう？」

「そ、そうですね……我々としましては、ユーフェミア様にお傍にいていただけるととても助かります。何分急なことでしたので、我々はディエゴ様から信頼を得られていないようで……」

「ええ……」

それを言ったら、ユフィだってつい先ほど会ったばかりだ。一体何が彼の琴線に触れたのか、さっぱりわからない。

「我々も皆様に誤解のないよう、すぐ後ろに控えておりますので。どうかご協力いただけませんでしょうか」

「えっと…………じゃあ、少しだけ」

押しに負ける形で了承すれば、ディエゴは目に見えて嬉しそうに笑ってくれる。いくつなのか外見からは判断しづらいが、夜会に出られるなら少なくともユフィと同年代以上だ。

(それでここまで気弱だなんて。そもそもの話、閣下の誕生日祝いに遠方から来るぐらいなのに、何故この国に詳しくないのかしら)

先ほど従者たちも〝急なことだった〟と口にしていたが、賓客を迎えるのに世話係が直前まで決まっていないなど考えにくい。新興貴族ならまだしも、王家に連なる公爵家ではなおさらだ。

(兄さんが連れていかれたのもおかしいし、何が起こってるの?)

急に寒くなった気がして、そっと二の腕をさする。

楽しい夜になると思っていたのに、今のところ散々だ。やっぱりユフィは、夜会に嫌われているのだろうか。

「あの、ユーフェミアさん、手は繋がないほうがいいですよね? 並んで歩くのは、この国では大丈夫ですか?」

つい沈んだ気持ちになっていると、機嫌を窺うようにディエゴが訊ねてくる。

改めて見れば、彼はネイトよりは低いがそれなりに身長も肩幅もある、ちゃんとした男性だ。にもかかわらず、怯《おび》える子どものような態度が合っておらず、なんとも危うい。

「隣に立つぐらいなら大丈夫ですよ。それじゃあ、会場へ行きましょうか」

「はい、お願いします!」

ユフィのほうから促せば、先ほどとは違って、彼はきちんと歩き出す。

従者たちも心から安堵したようで、適切な距離をとりながらついてきてくれた。

——まではよかったのだが、ユフィは一つ大事なことを見落としていた。

「まあ、あの方はどなたかしら?」

「あの髪と肌のお色に、隣にいるのはセルウィン伯爵令嬢でしょう？　もしかして、ネイト様の本物のご親族なのではなくて⁉」

（そりゃそういう発想になるわよね‼）

会場に戻った直後から大きな反応と共に、体を射貫くような視線の嵐にさらされている。

そう、うっかりしていたが、ユフィがネイトと同じ異国風の容姿のディエゴを連れていたら、こうなるのは明白だったのだ。

ネイトといえば、色んな分野ですこぶる評価が高く、それはもうモテる男だ。

しかし、本人は売約済みの上、ユフィに愛を注ぐ一途《いちず》な男。妾《めかけ》の立場を狙うことも難しく、多くの女性たちが婚約発表の夜は枕を涙で濡《ぬ》らしたと聞いている。

そんな彼と同じ、異国風の男性をユフィが連れていればどうなるか。

答えは『今度こそあんたの婚約者じゃないでしょ？　紹介して！』と独身女性たちから詰め寄られる、だ。いい男が絡むと、女は時に狩人《かりゅうど》になるらしい。

（私に絡むだけならいいけど）

チラッと隣を窺えば、案の定ディエゴはギラギラした女性たちの視線にさらされて泣きそうな顔になってしまっている。ぷるぷると小刻みに震える体は、小動物そのものだ。

彼が会場に行くことに消極的だったのは、公爵家に来た時から『ネイトの関係者では⁉』と疑いをかけられていたからなのかもしれない。

「大丈夫ですか、ディエゴさん」

「こ、この国の女性は、眼力の強い方が多いのですね。羨ましい……でも、ちょっと怖い」

「いえ、あれは婚活中の女だけです。すみません」

一月ほど前まではユフィも彼女たちの仲間だったので、否定することはできない。

もっとも、ユフィの場合はネイトが常時邪魔をしてきたせいで、狩人になることすらもできなかったが。

「こんばんは、ユーフェミアさん！　早速だけど、その方は……」

「申し訳ございませんが、この方は公爵閣下のお客様です。ご遠慮ください」

ネイトの時同様、ユフィにならば話しかけられるという女性たちが近寄ろうとするも、従者たちにすげなくあしらわれている。

さすが公爵家、使用人も非常に有能だ。ユフィとしても大変ありがたい。

……ありがたいのだが、近寄れないだけで囲まれてはいるので、刺さる視線がそろそろ苦しい。

眼力に形があったなら、ユフィもディエゴもきっと今頃穴だらけだ。

「えーと、ディエゴさんはこの国にお知り合いはいないのですか？」

「今はユーフェミアさんしか……」

（さっき会ったばかりの私を、知り合いに数えないで！）

涙の膜を張った目で見つめられても、ユフィからすれば彼は通りすがりと変わらない他人だ。頼られても本当に困る。

しかし、ディエゴの話を聞けば聞くほど、ここに招かれている理由が謎だ。

公爵はユフィから見れば祖父年代と呼べるほどに年が離れているので、若いディエゴとの接点がいまいち思いつかない。

貿易関連なのかもしれないが、ネイトやディエゴのような容貌の商人は王都で見たことがない。これから仕事を始めるにしても、そのためにわざわざ遠方から誕生日祝いに来るものか。それも、彼のような気弱そうな人物が。

(もし王族関係なら、公爵家が彼を迎え入れる準備は間に合うはずよね。彼らの行動が事前に連絡されないわけがないもの。……じゃあ、亡命者とか?)

ついには不穏な予想に辿りついてしまい、首をふって考えを追い出す。戦争の絵を見て強くなりたいと言っていたあたり、可能性は低くなさそうなのが恐ろしい。

(でも、今戦争をしている国なんて聞かないわよね。外交関係にない国だとしても、そんな国があればかかわらないように注意喚起が耳に入るだろうし)

色々と考えてみるものの、ユフィの頭ではさっぱりだ。

こういう時によく似た容姿のネイトがいてくれれば、ディエゴも少しは安心できるかもしれないが、残念ながらまだ戻っていないようだ。

「ディエゴ殿、こちらにいらっしゃったか」

そうこうしているうちに、先に公爵のほうがディエゴのもとへ駆けつけてくれた。

不自然に割れた人並みに飛び込んでくると、心底ほっとしたように深いため息をこぼしている。

「あなたは確か、セルウィン伯爵家の娘さんだね。どうもありがとう」

「い、いえ。私は何もしていませんし」

皺の刻まれた頬を緩める公爵は、人のよさそうな穏やかな老人だ。

……そういえば、彼のような年の人物が現役なのは、少し珍しいかもしれない。実年齢は知らないが、隠居していてもおかしくないように見える。

（でも、後継者争いとかの噂も聞かないし、きっと元気な方なのね）

公爵は従者たちに二、三言話すと、ディエゴを招くように手を差し出した。

これでユフィの仕事も終わりだろう。

（彼らがいなくなったら、質問攻めに遭いそうだけどね。ネイトが戻るまでは、さっきの怖い絵がある通路にまた逃げ込みましょう）

先のことを思うと気は重いが、会ったばかりのディエゴと二人でいるのと比べれば、質問攻めに遭うほうがまだマシだ。

彼には悪いが、ユフィにとってはやはりネイトが一番なのだ。ネイトとの婚約をわずかでも疑われるような行動は決してしたくない。

「それではディエゴさん。私はこれで」

ディエゴから一歩距離をとって、さっと挨拶の礼をする。ついでにこのまま会場からも離れようと、靴の向きを先ほどの通路に向けた……のと、同時だった。

「あの」

くんっとユフィのドレスが引っ張られる。

反射で顔を上げると、ディエゴの指がユフィの袖のレース装飾を摘《つま》んでいた。

「私に、まだ何か？」

冷静に見えるよう努めて、首をわずかに傾ける。内心では、何故引き留められたのか混乱しているが、それを隠してこそ貴族令嬢だ。

ユフィの問いに、ディエゴは口を開いては閉じてをモゴモゴと繰り返している。これが恋愛小説なら甘酸っぱい展開が始まりそうなものだが、ユフィ相手でそれはないだろう。

「…………なんでも、ないです」

十秒ほどモゴモゴしていたディエゴだったが、結局そう呟いてから公爵のもとへ早足で去っていった。何を言おうとしたのかは、もちろんわからずじまいだ。

「なんだったのかしら。ちゃんと名乗ったし、義理は果たしたわよね」

初対面の者に義理も何もないが、少なくとも夜会の参加者として協力はできたと思われる。

後はじわじわとユフィに近づいてきている女性たちから逃げて、ネイトが戻ってくるまで適当に時間を潰せばいい。

ひとまずは、先ほどの通路まで逃げよう――と、足を動かした時だ。

「……なんの音？」

キイイ、と突然響いた奇妙な音に、ユフィの足は止まってしまった。女性たちにも聞こえたのか、皆、周囲をキョロキョロと見回しながら発生源を探っている。

まるで、ガラスを尖《とが》ったもので引っ掻《か》いたような、妙に耳に残る嫌な音だった。

「ガラス……窓？」

壁際に視線を向ければ、同じように思った者が多かったのだろう。近くにいた人々が、窓ガラスを覗き込んだり軽く叩いたりしている。

天井が高い分、窓も縦に長いデザインになっているが、ほとんどがはめ殺しで開けられない仕様だ。

「お客様、割れると危険ですので……」

検分している客人たちのもとに、慌てて公爵家の使用人も近づいていく。ユフィの位置からでは暗い夜空と誘導用の明かりがかすかに見えるだけで、不審な点はなさそうだ。

「じゃあ、なんの音だったのかしら」

皆が同じように疑問符を浮かべながら、再び談笑へと戻っていく。

まあ、多分気にするようなことでもないと――そう、言いたかったのに。

「……ッ!?」

次の瞬間、ぞわっと全身を襲った冷たい気配に、ユフィは両手で自分の体を抱き締めた。

「こ、れ……」

体じゅうの毛が逆立って、震える奥歯がカタカタと音を立てる。

冷たい。寒い。いや……怖くて、たまらない。

「ちょっとあなた、どうしましたの⁉」

異変に気づいた一人の令嬢がユフィの背中に手を回してくれるが、強張《こわば》った体は彼女の手の感触を認識することすらできない。

勝手に溢れる涙も止め方がわからないが、少なくとも今、ユフィがするべきことだけははっきりしている。


「逃げて……お願い。みんな、今すぐに、逃げて‼」


引きつる喉から無理矢理声を押し出して、叫ぶ。

幼少期には何度も煩わされ、少し前の事件を暴くきっかけとなった、ユフィだけの特異な感覚。

それは、抗《あらが》いようのない〝恐怖〟という感情によって、魔物の存在を察知できるというものだ。

ネイトいわく、ユフィの魂は魔物にとってこの上ないご馳走《ちそう》になるらしく、その際のギラギラした執着のようなものを恐怖として感じ取っているらしい。

……残念ながら、違えたことは一度もない。

「あなたも逃げて！　魔物が近くにいます‼」

親切な令嬢に訴えた直後、先ほどとは比べものにならないほど大きな音が会場に響く。

ギイイイイ、と。裂くような強い力でガラスを引っ掻く、耳障りな音が。

「あ……あ、あ」

窓の外が暗いのは、夜だからだと思ったのだ。

光っているのは、馬車の誘導用の明かりだと思ったのだ。

――暗闇から、鋭い爪が生えている。会場の光を反射して、鈍く光るそれが窓ガラスを引っ掻いている。

(空じゃなかった……この黒いの、全部魔物の体だ)

かすかに見えた明かりも、窓にぴったりとくっつけられれば何なのかわかる。あれらは全て、やつらの眼球だった。

一人、二人、状況に気づいた者たちがゆっくりと後退していく。

見間違いならどれほどよかったか。けれど、冗談だと誤魔化す余裕ももうない。

「ころされる……？」

ぽつりと、誰かが呟いた絶望と、やつらが窓ガラスを割って入ってきたのは、果たしてどちらが速かっただろうか。

「いやあああああああ!!」

「た、助けて、化け物だ!!」

耳をつんざくような破壊音と、悲鳴、怒号、地鳴りのような沢山の足音。

華やかな夜会会場はあっと言う間に地獄絵図となり、参加者たちは我先にと出口へ向けて走っていく。

「あなたも逃げて……動けるうちに、早く!」

「わ、わかってますわ!　一緒に行きますわよ!　さあ、わたくしの手を」

「私はいいから!」

未《いま》だ震えたままの声を絞り出せば、親切な令嬢は信じられないと言わんばかりに目を見開いた。

「なっ、ば、馬鹿なことをおっしゃらないで」

「私といると、危険なの。……ありがとう、優しくしてくれて」

なんとか口角を上げてみせると、代わりに彼女の顔がひどく歪んだ。

夜会で出会う女性にいい思い出はなかったが、こんな状況で他人を気遣ってくれる人もいるということが知れてよかった。彼女はきっと、立派な淑女だ。

「何してるの、逃げるわよ。早く!」

ちょうどそこで、令嬢の知り合いらしき女性が彼女の手を引いて連れ出してくれる。

一人になれば途端に寒さが増した気がしたが、誰かを巻き込んでしまうよりはずっとマシだ。

(私が狙われやすい魂だっていうの、やっぱりまだ変わってないのね……)

魂なんて意味がわからないし信じたくもないが、それが事実なら受け入れるしかない。

床を砕きながら近づいてくる不快な足音に、そっと視線を向ける。

窓ごと壁まで壊して侵入してきたのは、成人男性の二倍は上背がありそうな黒い塊たちだ。形だけならモグラに似ているだろうか。

ずんぐりとした毛むくじゃらな体に、地面につきそうなほど長い両腕。その先端には、ガラスを引っ掻いていた巨大な爪が並んでいる。

やや顔の真ん中に寄った眼球は、獰猛《どうもう》さを隠しもせずユフィを見つめていた。

「お、お嬢さん、早く避難を！」

そう声を上げるのは、会場の警備員たちだ。だが、彼らも装備は警棒のようなものだけで、とても魔物と戦える状態ではない。

(夜会の警備なら、想定する相手は人間だものね。公爵家を責めることはできないわ)

特に今日は誕生日祝いというめでたい席だ。血が流れるのを嫌がって、刃物を持たせない家は結構多い。平和な王都の中でも、特に出入りが難しい貴族たちの区画にいるのだから、当然の判断でもある。

(多分、魔物なんかとは戦えない人たちよね)

もちろんユフィよりは強いだろうが、魔物と戦うことなど想定していない彼らも、手を出したら無事に済むとは思えない。

何より、やつらの標的は恐らく〝ご馳走〟のユフィだ。

(私が、行くしかない)

震え続ける両手に力を込めて、強く拳を握る。

(せめて皆が逃げるまでは、ネイトがいる。私が囮《おとり》として魔物を引きつけなければ)

この会場には、ネイトがいる。森で魔物の群れに追われた前の事件と比べれば、ずっと簡単だ。

(兄さんが戻ってくるまで、持ちこたえればいいだけよ。大丈夫。やれる)

本当に、履き慣れた靴で来てよかった。

握った拳を胸の前まで持ち上げて、一呼吸。

「……ッ‼」

そのままユフィは、立食用のテーブルに向かって一気に駆け出した。

「ガアアアアッ‼」

「ひっ⁉　お嬢さん、何を⁉」

予想通り、魔物たちはユフィを追って同じように走り出す。突然のことに警備員たちは慌てているが、少なくとも彼らが狙われる可能性はぐんと下がった。

「騎士を……ネイトを呼びに行ってください‼」

ユフィも走りながら、声を張り上げて訴える。

魔物をまけるような健脚ではないが、とにかく障害物の多いほうへ逃げて、少しでも時間を稼ぐしかない。

（公爵閣下、会場を壊してごめんなさい！）

テーブルが投げ飛ばされる音を聞きながら、先ほどの人のよさそうな男性に心の中で謝罪する。

なるべく柱がある狭い場所を走るが、大人数を収容できるホールとなれば、通行の妨げになるものは多くはない。

用意された備品が全て壊れるのが先か、ネイトが来るのが先か。

後者であることを強く願いながら、今はとにかく一歩でも前へ走り続ける。これほど頻繁に襲われるのなら、やっぱり本格的に護身術を習っておくべきだった。

「うわっ⁉」

背中のすぐ近くを、ブオンと音を立てて爪が通り過ぎる。

その勢いのまま壁に突っ込んだかと思えば、爪の本数分の深い溝が一瞬でできあがった。

「なんて力よ……」

……あれは駄目だ。捕まったら、人間などひとたまりもない。

唯一の幸運は、魔物たちの知能が高くないことだ。狭い会場で獲物は一人なのだから、先回りなりすれば一瞬で終わるのに、やつらはそれをしない。どの個体も背後からユフィを追いかけてくるあたり、そういう風にしか動けないのだろう。

（それでも、私の勝ち目はゼロだけど）

足元に転がってくる柱の破片を、ぶつかるすれすれで避ける。頭がよくなくても、やつらには巨大な体と爪や牙、圧倒的な強さがある。距離を詰められたら死ぬのはユフィだ。

「兄さん……ネイト。どうか、早く……！」

横腹が痛い。喉が焼けるように熱い。いくら動きやすい靴を履いていても、裾がかさばるドレスで走り続けるのは限界がある。

魔物の唸《うな》り声は、すぐそこだ。ユフィの耳にはもう、やつらの息遣いまで聞こえている。

「ネイト……！」

ぐっと腕を前へ突き出す。一歩でもやつらから離れるために、前へ――と、伸ばした手が、横から強く引っ張られた。

「きゃあ!?」

ぐいっと体ごと持ち出されるような力で引かれて、そのまま弾力のある何かにぶつかる。

勢いに任せてすぐ離された手が、今度は抱え込むようにユフィの肩を抱き締めた。

「あっ……！」

触れた手のひらの感触に、また涙が溢れる。皮が厚くて、剣だこのある大きな手のひら。

よかった、間に合った。もう、大丈夫だ。

「俺のユフィに何をしている」

地を這《は》うような低い声と共に、腰からふり抜いた右腕の横一閃《いっせん》。

音すら置き去りにした一撃で、魔物たちの動きもピタッと止まる。

――きっと気づいていないのだ。自分たちの体がもう、二つに分かたれていることに。

「ガ……」

あぶくのような音を一つ残して、魔物たちの巨体が崩れ落ちる。

遅れて流れ出てくる真っ黒な体液が、襲撃の終わりを語っていた。

「ユフィ……ユフィ、遅くなった。よく頑張ったな」

ネイトは死体を確かめるでもなく、それどころか剣をぽいっと投げて、両腕でしっかりとユフィを抱き締めてくれる。

押しつけられたままの頬に伝わる鼓動は、どちらも暴れ馬のような荒々しさだ。

「あ……ぅ、うええ……」

緊張が解けた反動で、ユフィの口からは幼子《おさなご》のような泣き声がこぼれてしまった。言いたいことは沢山あるのに、今は感情が言葉にならない。

ただ、ぽんぽんと後頭部を撫でてくれる彼の手が心地よくて、離れたくないと強く思う。

魔物に向けた荒っぽい攻撃が嘘のような、温かくて、慈愛に満ちた優しい手つきだ。

「他の皆のために、お前が囮になってくれたんだな。お前が一番怖いのに、本当に偉いよユフィ。おかげで誰も怪我をしなかった」

「ぐす……ほんと?」

「ああ。どこからも血の匂いがしない。ありがとう、ユフィ。……でも俺は、お前が危険な目に遭ってしまったことが、すごく悔しい」

「……うん」

頭頂部にネイトの吐息が触れて、少し熱い。ユフィだって、ここにネイトがいなければこんな行動は絶対にできなかった。

彼が必ず助けに来ると信じていたから、どれだけ苦しくても走ろうと頑張れたのだ。

「無事で、本当によかった……ユフィ」

ネイトも泣きそうな声でそう呟いて、抱き締める力を強めてくれる。

動くものがほとんどなくなり、もはや瓦礫《がれき》同然となった会場の中。

壊れた壁から入る夜風に合わせて、小さな嗚咽《おえつ》がしばらく響いていた。

三章　悪魔な騎士の葛藤

結局ことが落ち着いたのは、間もなく日付が変わるような深夜になってからだった。

すぐに敷地外へ逃げ出した参加者も一部いたものの、ほとんどがホールの外に避難していたらしく、そのまま公爵家の者たちに見送られて帰宅していった。

魔物に狙われたユフィと、それを撃退したネイトを残して。

「父上と帰ってもよかったんだぞ、ユフィ」

「ありがとう。でも、ちゃんと話を聞きたいし……今はネイトから離れるのが怖くて」

公爵家のホールから邸宅へ移動した二人は応接室へ通されて、一つのソファに二人でくっついて座っている。

ネイトは会場を検分して欲しいと警備や近衛騎士たちに頼まれたのだが、ネイト本人が『傷ついた婚約者の傍にいられないなら、騎士など今すぐ辞める』と半ば本気で怒ったため、あれからずっとユフィの隣についている。

魔物たちを片付けたのはネイトであり、彼が駆けつけるまで囮を務めたのがユフィなので、他の者たちも強くは言えなかったようだ。

とはいえ、ちゃんと魔物の危険がもうないことを確認してから移動したので、今夜はこれ以上何かが起こることもないだろう。

「少しは落ち着いたか？」

「うん、大分楽になったよ」

ネイトの大きな手が、そっとユフィの目元を撫でる。会場で大泣きしてしまったユフィの目は、応接室に通されてからずっと濡れたハンカチをあてたままだ。

本当はちゃんと化粧を落としたかったが、どうせ泣いた時に目の周りは全部剝げ落ちてしまっているだろうし、そんなことにこだわる状況でもないので、今夜はもう諦めている。

明日、まぶたが腫れて目が開かなくなるよりはマシだ。

「せっかく立派なお屋敷に通していただけたのに、見られなくて残念」

「そんなもの、またいつでも見せてもらえばいい。ユフィは今回、巻き込まれただけの完全な被害者だぞ。ついでに慰謝料もしっかり請求してやれ」

「そこまではしないわよ……」

当然のように吐き捨てるネイトを慌てて止める。慰謝料は請求すれば払ってくれるだろうが、すぐ近くに使用人が控えている状態で、その家のことを話すのは心証がよくない。

だが、ネイトはそんなことはおかまいなしに、ふんと鼻を鳴らしている。

ユフィと婚約する前は理想的な騎士を演じていた彼だけに、周囲からちらちらと飛んでくる視線が見えないなりに痛い。

「すまない、お待たせした」

そうこう話していると、扉が開く音と共にひどく憔悴《しょうすい》した男性の声が聞こえる。

ユフィはさっとハンカチを外して、ソファから立ち上がろうとして……しかし、座ったままのネイトの腕にぽすんと抱き寄せられた。

「ちょ、ちょっと!?」

「構わないよ。座っていてくれ、お嬢さん」

入室してきたのは、こちらを微笑ましそうに見つめる公爵だ。その顔には、隠しきれない疲れが色濃く浮かんでいる。

(立場を考えれば、絶対に立って挨拶をするべき相手なのに)

相手は王家に連なる血筋の当主で、こちらは一伯爵家の小娘だ。ネイトの分を加味しても失礼になってしまうのに咎《とが》めないのは、泣いているユフィを気遣ってくれているのだろう。……それとも、もしやそれがまかり通るほどの異常な事態なのか。

「ネイト、いちゃつくのもほどほどにな」

次いで、軽口を叩きながら入室したのは、プラチナブロンドの髪が眩しい王太子サミュエルだ。

さすがにユフィは腕から逃れようとするが、ネイトの拘束は強く、びくともしない。もちろんネイトは座ったままで、立とうという気配すらない。

「いい加減にしてよ、さすがに不敬よ!?」

「知るか。こいつらのせいで、ユフィがどれだけ危険な目に遭わされたと思っている。ユフィが許しても、俺は絶対に許さない」

「ネイト!」

強い声で叱ってみるものの、ツーンとそっぽを向いたネイトはユフィの腰を抱き締めたまま、まったく聞く耳を持たない。

……のだが、それを彼らが咎めないのも、また不思議だ。

「殿下、ジュディス嬢は帰らせたのか?」

「ん? ああ。最初に話を聞いた時点で帰らせたよ。私は愛する彼女のトラウマを抉《えぐ》るようなことはしたくないのでね」

サミュエルも、ネイトの失礼な態度をまったく気にしていない様子だ。ユフィとしてはありがたいので、本人たちが気にしないなら甘えさせてもらいたい。

(それにしても、今夜はジュディス様もいらしてたのね。お会いできなかったのは残念だわ)

晴れて王太子の婚約者になった絶世の美女ジュディスは、今はネイトの義理の妹にあたる人物だ。将来的にユフィにとっても義妹になるので、多忙な王太子妃になる前に交流をしたいと思っているが、この一月ほど彼女に会える機会はゼロだった。

（それにさっき、ジュディス様のトラウマを抉りたくないっておっしゃってたわよね）

ジュディスは王太子妃になる前に、悪魔崇拝者によって魔物に襲われている。彼女のトラウマとは、きっと魔物にかかわることだろう。

（そう考えると、兄さんがさっきから不機嫌な理由は……）

「自分の婚約者はきっちりと逃がした殿下が、俺の気持ちがわからないとは言わせませんよ」

「……ああ、わかるとも。悪かったとも思っている」

ユフィの予想を裏づけるように、ネイトが恐ろしく低い声でサミュエルに訴える。

つまりは、ジュディスはかかわる前に逃がしたのに、同じように魔物を恐れているユフィは巻き込んだばかりか、ネイトを傍から引き離したことを怒っているのだ。

（そりゃ、一令嬢と王太子妃の待遇は違って当然でしょう……）

それに、ネイトの力が必要な事態だったのなら、仕方ないことだ。サミュエルだって、ユフィに意地悪をするためにネイトを引き離したわけではないのだから、それで彼を怒るのは筋違いというものだ。

もちろん、ネイトがユフィのために怒ってくれるのは嬉しくもあるけれど、下手をしたら叛意《はんい》にとられかねない態度は、正直ヒヤヒヤしてしまう。

そんなユフィの心配をよそに、サミュエルは眉を下げると、すっと目を閉じた。

「ユーフェミア嬢。改めて、今夜はありがとう。迷惑をかけてすまなかったな」

「えっ⁉　い、いえ、私は時間稼ぎをしただけですし！　王太子殿下に気にしていただくようなことではありませんから！」

まさかのユフィへの感謝と謝罪の言葉に、肩が震え上がる。慌てて両手を横にふって応えると、ネイトもようやく溜飲《りゅういん》が下がったのか、フンと小さく息を吐いた。

「公爵、皆の安全のために尽力してくれた彼女にも、知る権利がある。話しても構わないな」

「はい、殿下。そちらのお嬢さんならば、むやみに吹聴《ふいちょう》するようなこともないでしょう」

未だ状況が摑みきれていないユフィを置いて、話は進んでいく。公爵の様子はもはや痛ましさすら感じられるが、きちんと話すことに異議はないようだ。

サミュエルはさっと手を挙げると、室内にいた他の者たちを全員外へ出させる。

（人払いが必要な話をする、ということ？）

扉はすぐに閉ざされ、その前には王太子の近衛騎士が二人立つ。

サミュエルと公爵は、ユフィたちの向かいのソファにゆっくりと腰を下ろしてから、困惑をあらわにした表情で口を開いた。

「……ユーフェミア嬢、今夜起こったことを簡潔にお話ししよう。ネイトに協力を頼んだのは、この屋敷が悪魔崇拝者たちから襲撃を受けていたからだ」

「はい……はいっ⁉」

続けて、突然落とされた爆弾発言に、ユフィは口から心臓が飛び出そうになる。

煌びやかな夜会の裏でそんなことがあったなど初耳だし、まったく気づかなかった。

「そんな、一体どうして……」

「それは、私の息子のせいなんだ」

戸惑うユフィに、泣きそうなほど弱々しい声で公爵が答える。

老齢で、いつ引退してもおかしくない彼が、何故今も公爵のままなのか。その答えでもある話が、ゆるやかに語られ始めた。


ことの発端は、今から十数年前まで遡る。

彼の子息は高位貴族では珍しい恋愛結婚をしたのだが、その最愛の妻が第一子の出産と引き換えに帰らぬ人となってしまったのだ。

死因に事件性はなく、不運にも産後の肥立ちが悪かったらしい。

誰を恨むこともできず、ただひたすら悲しみに暮れた彼は、いつしか妻を奪った世界そのものを憎むようになり、やがて悪魔崇拝に傾倒してしまったというわけだ。

だが、信仰が自由なこの国でも、滅びを望む者を公爵位につけるわけにはいかない。

仕方なく、現公爵が当主を続行。孫にあたる第一子を引き取り、こちらを跡継ぎとして育てているのだという。

「傷心を慰めるために宗教にはまってしまうのは、よくある話だな」

「ちょっと、兄さん！」

空気を読まないネイトをユフィが肘で小突くと、公爵はゆるりと首を横にふって答える。

「そうだね、確かによくあることだ。だが、あれから月日が経ち、息子は悲しみを乗り越えて真っ当になってきていたのだよ……」

「そうなんですか？」

よくある不幸話で終わるかと思いきや、どうやら今回は少しだけ違うらしい。

公爵子息が妻を喪《うしな》って心を病んだことは社交界でも広がってしまい、彼は領地で療養と称して、半ば軟禁状態の生活をしていたそうだ。領民には、影響が及ばないように。

しかし、ここ数年は自分の代わりに跡継ぎとして学んでいる子に感化され、悪魔崇拝からは離れていたというのだ。

爵位を継ぐことはもうできないが、きっと我が子を支えてみせると意気込んでいたのだとか。

「私も公爵領へ視察に行って確認しているが、領主代行として申し分なく働いていたよ。それどころか、悲しみから邪教へ走ってしまったことを恥じていて、自罰的ですらあった」

サミュエルも補足するように続ける。

元々後継者として育った人物であるし、王太子が認めるほどなら、能力は間違いないだろう。

……ならば何故、彼のせいで襲撃が起きたと言ったのか。

「もしかして、悪魔崇拝の教団から抜けようとしたご子息を追ってきて、とかですか？」

「だったらよかったのだが。残念ながら、今夜襲ってきたのは息子本人だったよ」

「ええ⁉」

両手で顔を覆ってしまった公爵に、ユフィはもうなんと声をかければいいのかわからない。

結果だけ見れば、彼は改心などしておらず、公爵を襲うためのタイミングを見計らっていたように思える。誕生日という祝いの席を狙うあたり、敵意も強そうだ。

(じゃあやっぱり、根っこまで邪教に呑《の》まれていたってこと？)

ちら、と視線を上へ向けると、なんとも表現しがたいムスッとしたネイトの顔が見える。

未だユフィを抱き締めたままの彼……〝崇拝される者〟であるネイトは、今回の件をどう見ているのだろうか。

(兄さんのことだから、興味ないとか言いそうだけど)

「…………」

じっと見つめていると、ネイトの目がようやくこちらに向いた。

なんとなく公爵の味方をして欲しい気持ちで彼の言葉を待つユフィに、ネイトはしばらく黙った後、小さく息を吐いた。

「襲撃してきた連中が、おかしかったのは確かだ」

「……っ！」

面倒くさいと言いたげな不満を隠しもしない声だったが、それは公爵にとって確実に意味のある言葉だ。

　ぱっと顔を上げた公爵がネイトを見ると、より深いため息が落ちる。

「なるほど、あなたが黒幕ではなさそうだな。その悲しみも、自責の念も、嘘には見えない」

「おいネイト。彼は私も信頼している人物だ。口を慎め」

　さも公爵を値踏みするかのようなネイトの発言を、サミュエルが諌《いさ》める。貴族の序列で考えた場合、ネイトの態度は今度こそ擁護できないほど失礼だ。

　が、当の公爵本人は、サミュエルの肩に触れてゆるりと首を横にふった。

「ネイト殿、先の侯爵令嬢の暗殺未遂事件も、解決へ導いたのはあなただと聞いている。どうか、我が愚息のことで何かお気づきなら、教えて欲しい」

　立場が下の一騎士に対して、公爵の態度はどこまでも真摯だ。ただ、息子の凶行の理由を知りたいのだと、そんな願いがユフィにも伝わってくる。

「………………」

　ネイトはまた数秒ほど公爵を見定めるように睨んでいたが……ユフィを隣へ移動させると、さっと姿勢を正した。

「失礼いたしました、閣下。状況的にあなたのことも疑わざるをえなかったので、確かめさせていただきました。あなたは今回の件に巻き込まれただけで間違いないようだ。そして、恐らくはご子息もそうでしょう」

「なんと⁉　ほ、本当に⁉」

がたん、と大きな音を立てて公爵が立ち上がる。

自分の息子が加害者ではなく被害者だったのなら、当然の反応かもしれない。

「ご子息が邪教に傾倒してしまったのは事実です。ですが、そこから脱却し、真っ当に生きようと心を改めたのも恐らく本当でしょう。今夜ここに襲撃してきた者たちは、全員正気ではありませんでした。一種の催眠状態……いや、操られていたと言ったほうが正しいかと」

「……ッ」

息を呑む公爵とサミュエルを前に、ネイトは淡々と説明を続けていく。

まず、今夜襲撃してきた二十人ほどの悪魔崇拝者は、全員が武装していたこと。そのため、夜会に被害が及ばないように、近衛騎士がネイトに助力を要請したこと。

ひとまず話し合いでの解決を求めたが、意思の疎通ができなかったため、武力をもって対処し拘束したこと。

「話が通じないだけなら、狂信者にはよくあることです。ですが、瞳が光に対して反応していなかったことと、戦った際に痛みを感じていないように見えたことが気になりました。これは、催眠や洗脳状態にある者によく見られる特徴です」

サミュエルに視線を向ければ、彼も神妙な表情で頷《うなず》く。扉の前の近衛騎士たちも、会話には加わらずとも頷いているので、襲撃者全員がそんな様子だったようだ。

「ご子息が先陣を切って襲ってきたので、皆そちらに意識をとられてしまったのでしょう。俺は不自然な様子のほうが気になりました。もし薬などを盛られているなら、大量に水を飲ませて吐かせれば回復するかもしれませんが……」

「うわぁ」

苦しそうな対処法に、思わずユフィの顔が引きつってしまう。

だが、息子が悪人ではなく被害者だとしたら、公爵にとっては救いになるだろう。他に黒幕がいるという事態は歓迎できないが、親子が敵対するよりはいくらか心情が楽なはずだ。

「そもそも、襲撃ではないほうが問題だと思いますよ。言ってしまえば、彼らは陽動。武装こそしていましたが、大して戦闘力はありませんでしたし」

「というと……？」

「会場を襲撃した魔物ですよ。敷地内の倉庫から、召喚儀式の跡が見つかっています。襲撃で人の目を逸《そ》らしておいて、その隙に多くの魔物を召喚していたんです。悪魔崇拝者どもの本命はこちらでしょう」

「――は？」

どんどん話を進めていくネイトに、ユフィを含めた三名は言葉を失って呆《ほう》けてしまう。

王都の真ん中で魔物が出たことが異常なのは間違いないが、その召喚儀式を貴族の屋敷の敷地内で行っていたことも衝撃的だ。

「ま、待て、ネイト！　お前、襲撃犯たちを捕縛した後で、そんなものまで見つけていたのか⁉

私のもとには、なんの報告もまだ来ていないぞ⁉」

「何分手が足りなかったので。一人だけ近衛をお借りして、発見しました。その後、俺は会場に戻って、彼に応援要請を出してもらったはずですが？」

「あー……応援要請は聞いたな」

額を押さえたサミュエルに、ネイトは気にした様子もなく首をかしげる。

つまりこの男は、夜会に来てすぐに襲撃者の対処をしに行って、その後倉庫で儀式跡を見つけ、さらに会場へ戻ってユフィを助けた、ということだ。

「兄さん一人で働きすぎじゃない……？」

「誰もいないのだから仕方ないだろう。離れた倉庫へ行っていたせいで、ユフィのもとへ駆けつけるのが遅くなってしまったんだ。怖い思いをさせて、本当にすまなかった」

「いや、うん。怖かったけど、それだけ働いてたなら仕方ないわ」

「俺のユフィは事情を理解してくれる子で本当によかった」

ほっとしたように表情を和らげたネイトは、ユフィの肩に手を回してくる。

魔物だなんだという話をしている間はずっと仏頂面だったのに、ユフィが言葉を挟んだ途端に表情豊かになる彼の反応が、嬉しくもあり若干困惑も覚える。

「だが、次は音速も超えて駆けつけてみせる」

「頼むから常識を超えないで」

……しかし、働きぶりがそろそろ人間を超越しているので、そこは加減して欲しいところだ。したり顔で宣言するネイトは、それができるだろうが、やられたらシャレにならない。何より、そんなことで人外バレをされるのも困るので、肩に乗った手を強く掴んで止めておいた。

「すまないユーフェミア嬢。ネイト、今は先に続きを話してくれないか？」

「チッ」

じわじわと二人の世界を作ろうとするネイトに、向かい側から適切なツッコミが入る。そんな彼らの様子を見て公爵も気が落ち着いたのか、再びソファに腰を下ろした。

「殿下のもとに儀式跡発見の報告が入っていないのなら、まだ安全を確かめているのかもしれませんね。俺もざっと見ただけですが、会場を襲った魔物を召喚したと見て間違いないかと」

「ええと、ネイト殿はそんなこともわかるのかね？　以前も悪魔崇拝者の事件を片付けたとは伺ったが」

再びさくさくと状況説明を始めるネイトに、公爵から質問が入る。

「…………」

ネイトは何故か少し躊躇った後に、首肯した。

「使用された材料が炭化していたのと――術者の遺体を発見しました。あれは、儀式が機能した跡だと見られます」

「あ……」

なるほど、それは躊躇うわけだ、とどこか冷静に思う。

倉庫とはいえ、自分の屋敷の敷地内で死人が出ているとなれば、いい気などするはずもない。

（召喚儀式で亡くなってるとしたら、前に見たアレよね）

ユフィもまた、先の魔物の事件で見てしまった遺体を思い出す。それは枯れ木のような、とても人とは思えない干からびた残骸になっていた。

冷静でいられるのは、生きている人間とは結びつかないような形状だったからだろう。もし、あの時生々しい死に方をした遺体を見ていたなら、今頃吐いている自信がある。

「ネイト、術者は公爵家内の人間なのか？」

「使用人名簿を確認しないと断言はできませんが、遺体が着ていた衣服は、この屋敷に仕える下位の使用人のものだったように思われます。恐らくは、夜会の準備で慌ただしくしているところの隙を狙ったのでしょう」

「……そうか」

あえて事務的に話す二人に、公爵もちゃんと耳を傾けている。

ただ、やはり自家の使用人にそんな者がいたとは思いたくないのか、優しい老人の顔色は血色を失って真っ白になっていた。

（閣下に失礼な疑いをかけたのは、こういうことだったのね）

家主の公爵なら倉庫でもどこでも自由に使えるので、まず疑うのは当然だ。

だが、今の彼の状態から察するに、何も知らない被害者で間違いないだろう。

「そろそろ安全も確認できただろうし、詳しいことは向こうを任せた騎士から聞きましょう。……閣下は、少し休まれたほうがよろしいかと」

「ネイトにしては気の利く提案だ。公爵、なんなら王太子として命じよう。今夜はもう休んだほうがいい」

「……申し訳、ございません」

ネイトとサミュエル二人からの勧めに、公爵は深く頭を下げて応える。

年齢的にも無理をしていいとは思えないし、一旦休んでから協議するのが賢明かもしれない。

(今夜の事件は、色んな意味で酷《ひど》すぎるもの。どうしてこんなことになったのかしら……)

「ユフィ、お前も休んだほうがいいぞ。大変な目に遭ったのだから」

「え、私？　……あ、うん、そうね」

急に名前を呼ばれて、一瞬面食らってしまう。

公爵のことばかり気にしていたが、ユフィだって恐ろしい目に遭ったのは確かだ。

……もしネイトの救助が間に合わなかったら、今頃会場でボロ雑巾めいた軀になっていてもおかしくない。

(改めて考えたら、また怖くなってきたわ)

無意識のうちに腕をさすると、ネイトがぴったりと体を寄せてくる。接触過多なやりとりは恥ずかしいが、今夜ばかりは温《ぬく》もりがありがたい。

「殿下、詳しい話は明日で構いませんね？　俺は婚約者を送って帰りたいのですが」

「まあ、そうだな。これは完全に管轄外業務だ。詳細は改めて騎士団のほうに話しておこう。その際は、また力を貸してくれると助かる」

「気が向けば。では、失礼します」

善は急げとばかりにユフィを引っ張って立ち上がったネイトは、その足でさっさと応接室を出ようとする。

「わっ！　あの、申し訳ございません！　失礼します！」

ユフィがちゃんと挨拶をしようとしても、すでに遅し。なんとか室内をふり返れば、残された二人が苦笑を浮かべながら手をふってくれていた。

「兄さん、失礼にもほどがあるわよ。ご挨拶ぐらいさせて！」

「そう言うが、さっさと切り上げないと帰してもらえなくなるぞ」

「それは兄さんだけでしょ。私は別に、一人でも帰れるし」

「俺は今夜、絶対にお前から離れるつもりはない。あと、兄さんじゃない」

ユフィの手を引きながら、ネイトはずんずん廊下を進んでいく。せっかくの公爵邸の内装を楽しむヒマもない速度だ。

やがて、エントランスを抜けて外へ出れば、待ちわびていたように御者が恭しく頭を下げた。

「えっと、どちらの方でしょう？　公爵閣下が手配してくださったのかしら」

「殿下が手配したものだろう。ありがたく借りておこう」

「は⁉　王家の馬車⁉」

言われてみれば御者の服装が明らかにちゃんとしているし、彼の後ろに見える馬車は二頭立ての立派なものだ。

何より、客車の側面に見覚えのある王家の紋が飾られている。

「いや無理無理！　恐れ多くて乗れないってば⁉」

「何も恐れ多くないから心配するな。それより、夜中に大きな声を出すほうが問題だぞ」

「恐れ多いでしょ⁉　声は気をつけるけど！」

抵抗しようにもネイトのほうが力が強いため、あれよあれよという間にユフィは馬車に押し込まれてしまう。中の座席は、高級なベッドと間違えそうなほどふかふかだった。

「うわ、なにこれすご……」

「よし、出してくれ。俺もまとめてセルウィン伯爵家の屋敷に頼む」

ユフィがクッションに気を取られた隙にネイトも横へ乗り込み、さっと御者へ指示を出す。次の瞬間には扉が閉まり、馬車は動き始めていた。

「あー……乗っちゃった。こんなすごい馬車に乗せてもらえるなんて、いい思い出になったと思っておこう……」

「それは何よりだ。それで今夜のことが上書きできるならいいんだけどな」

仕方なく諦めてクッションを堪能していると、ネイトがじりじりと近寄ってくる。

なに、と問う前に腰を引き寄せられ、体同士がぴったりくっついた。

「兄さん、今日はいつも以上にひっつき虫なのね」

「兄さんじゃないと言ってるだろ」

「ネイト」

名前を呼べば、満足そうにユフィに頭をすり寄せてくる。空いたもう片方の手はユフィの手を掴むと、確かめるように握ったり指を絡めたりしてきた。

「……本当にどうしたの？」

「俺が心配するのはそんなに不思議議か？　いつも過保護だなんだと言ってくるんだから、心配性なのは知っているだろう」

「それはそうなんだけど」

言うまでもなく、ネイトは過保護で独占欲の強い男だ。ユフィが一人で動くと口を出してくるのは、兄でも婚約者でも変わっていない。

（わかってるけど、でも、今夜はちょっと違う気がする）

こんなにもぴったりとくっついているのに、ネイトからは余裕が一切感じられない。

最強の騎士たる彼が幼子のように落ち着きがなくて、ユフィの様子を窺いながらそわそわしている。その姿は、不安になっているようにも見えた。

「私はあなたに助けてもらったから、ちゃんと生きてここにいる。怪我もしてないわ。何がそんなに不安なの、ネイト」

「………………」

あえて〝不安〟と言葉にして聞いてみれば、ネイトは口を閉ざして、代わりにぐりぐりと頭をすりつけてくる。

「ネイト?」

もう一度呼んでも、反応はない。腰に回った手に、少し力がこもった気がした。

「不安じゃなかった?」

もう一度、言い方を変えて問う。

……何秒か待った後、非常にかすかな声でぽつりと答えが落ちた。

〝――ヒトでいることが、煩わしい〟と。

「ひとでいること?」

オウム返しに聞き返すと、ネイトはぎゅっと強く目を閉じてから、ゆっくりと開く。

紫色の宝石のような瞳は、明かりのない暗闇の中でも妖艶に輝いていた。

「俺が悪魔として動けたなら、もっと早くユフィのもとへ戻れた。いや、そもそもお前の傍を離れることなんてなかった。ヒトの上下関係などに煩わされることなく、王太子も公爵も他の貴族も騎士も無視して動ける。ずっとずっと、ユフィの傍に」

「ネイト……」

怒りとも苛立ちともとれる感情が、美しい瞳の奥で揺らめいている。

だが、それは周囲に当たり散らすような激しいものではなく、逆に抑え込もうとしているような印象を受けた。

「俺だってわかってはいるんだ。こんなことを思うのは〝きれいなおにいちゃん〟には相応しくないことは。清く、正しく、美しい男こそが、ユフィには相応しいこともわかってる！」

「いや、別にそこまで清廉潔白なものは求めてないんだけど……」

ぐぬぬ、と押し込めたような唸り声を上げるネイトに、ユフィは若干引いてしまう。

(というか、清く正しく美しくって、私自身がまずそれを守れないんだけど……)

曖昧な条件で契約を結んだせいなのか、ネイトが〝きれいなおにいちゃん〟に求める意味は、妙に高尚なものになっている気がする。

それを口にした当時六歳のユフィは、ただネイトの容姿に見惚れていただけだというのに。

「そもそも全部を明らかにした時に、もうお兄ちゃんには戻れないって言ってたじゃない」

やや呆れた気持ちで訊ねれば、ネイトは拗ねたように唇を尖らせる。

「今だって戻りたくないのが本音だ。心底惚《ほ》れた女と想いを通わせたのに、清らかでなんていられるか。俺はユフィにもっと触れたいし、こうしてずっと抱き締めていたいと常日頃から思ってる。誰の目にも触れないように、閉じ込めておこうと何度計画したことか！」

「仮にも現役騎士が監禁はやめてよ⁉」

好きな人に想ってもらえるのは嬉しいが、さすがに監禁は歓迎できない。この男ならば、完璧にできることがわかるからなおさらだ。

とっさに距離をとろうとするものの、馬車の座席で腰を抱かれていては逃げようもない。

「実行はしないから、逃げないでくれユフィ。〝きれいなおにいちゃん〟は、酷いことはしない。心とできることが矛盾してしまうから、困っているんだよ……」

絡めた指先が、すがるようにくっついてくる。

「……もどかしい」

また落ちた小さな呟きには、恋人として抱く情欲と、理想の騎士像を守ろうとする理性がせめぎ合っているように聞こえた。

「それは、ネイトが私の魂とやらを手に入れたら、解消される問題？」

恐る恐る訊ねれば、彼は思い切り首を横にふってくる。

「解消されない。ユフィの願いを叶えていないのに魂を奪ったら、二度とユフィに触れられなくなる。そんなことになるなら、死んだほうがマシだ」

「そ、そこまで」

魂というものが何なのかユフィには未だよくわからないが、ネイトにとっては〝今は欲しくないもの〟のようだ。

魔物たちは、それを目的としてユフィを襲ってくるのに。

「俺の誤解だったとしても、契約は絶対だ。俺はお前がわずかでも望むなら〝きれいなおにいちゃん〟でいなければならない」

「そっか、悪魔って難しいのね」

彼を兄ではなく婚約者として認識しているユフィとしては、もう『お兄ちゃん』でなくなってもいいとすら思っているのだが、そう簡単にやめることはできないようだ。

〝なり損ない〟と言われる魔物は自分勝手でとても恐ろしいのに、崇拝すらされる本物の悪魔は、こんなにも生真面目で……愛おしい。

それともこれは、ユフィに対してだけなのか。……そこに、恋や愛の心があるからなのか。

「俺はユフィを愛している。ありのままのお前の全てが欲しい」

「なっ⁉　きゅ、急に何」

突然の告白に、ユフィの頬が火がついたように熱くなる。

だが、ネイトはそんなことはおかまいなしに、言葉を続けていく。

「俺はお前の伴侶になるためにヒトの世のルールに従って生きてきたが、面倒なことがどんどん増えてきて、煩わしくて仕方ない。何故ユフィよりも他人のことを優先しなければならない？　何故俺はずっとユフィの隣にいられないんだ？　そのせいで、ユフィが危険な目に遭ってしまったのに、何故どうでもいい有象無象を守らなければならない？　邪魔をする全てを殺せばいいのか？　そうしたら、ずっと……」

「――ネイト‼」

だんだんと不穏になっていく言葉を、慌てて叫んで遮る。

指を絡ませていた手をぐっと強く握り返せば、途端にネイトの美しい顔がくしゃっと歪んだ。

……理不尽なことで怒られて、納得できない子どものように。

「ああ、悪い。またやってしまった！　平常心平常心……そう、清く正しく美しく。頑張れ俺。俺はネイト・セルウィンだ。悪魔じゃない、騎士だぞ騎士」

（正しくはネイト・ファルコナーだけどね）

ふうふうと深呼吸を繰り返しながら、ネイトはまとっていたほの暗い空気を散らしていく。

やがてもう一度深く息を吐き出すと、泣きそうなほど弱々しい表情をユフィに向けてきた。

「ユフィ……俺のユフィ。俺はヒトのままでいられるように頑張るから。どうか無事でいてくれ。安全な場所で生きてくれ。お前を閉じ込めることも、周りを殺し尽くすことも駄目なら、こうして乞うことしかできないんだよ」

そのまま、ユフィに懇願するように言葉を落としていく。

血を吐くような、痛々しさすらある声に、ユフィはようやく自分が今夜〝何をしてしまったのか〟

に気づけた気がした。

「ごめんなさい……私が無茶したせいで、ネイトがそんな思いをしていたなんて知らなくて。ごめんなさい」

目を見て、心から謝罪をすれば、握り合っていた手が離れて、両腕でユフィをしっかりと閉じ込めてきた。「やっぱり俺のユフィは、可愛くて誠実だ」と呟いて。

彼が何度も何度もこうして抱き締めるのは、ただユフィにくっつきたいという理由だけでなく、言葉通り〝閉じ込めて〟ユフィが危険な外へ出ていかないようにしたいという願望も込められているのだろう。

比喩でもなんでもなく、ネイト自身を檻《おり》として。

（この人は本当は、全てを破壊し尽くせるほどの強い力を持っている）

それを使わないように我慢して、ユフィのためにヒトでいようと努力しているのだ。十年前に出会った時から、今もずっと。

ヒトでなくなったほうがはるかに楽なのに。白い騎士制服を着て、ヒトの王族に従って、悪魔らしい力も使わず、自分の体と剣で戦ってくれている。――全て、ユフィのために。

（なんて、健気な献身。可愛いのは私じゃなくて、ネイトのほうだわ）

改めて考えると、彼のいじらしさに頬が緩みそうになってしまう。

けれどこれは、ネイトにとっては苦痛なのだ。愛しくても、笑っていい話ではない。

（私が無茶をして危険な目に遭ったら、それは困るわよね）

今夜ユフィがしたことは、きっと正しかった。ユフィが囮になって人々を逃がしたおかげで、一人の怪我人も出すことなく魔物は討伐されたのだ。

魔物が好む魂を持っているユフィと、類稀《たぐいまれ》な剣の技術を持つネイトだからできたこと。

だから、ネイトも〝褒めるしかなかった〟。ヒトとして見た時に、その危険な行動が導いた結果を〝正しい〟と評価しなければいけなかった。

本当は、嫌で嫌でたまらなかったとしても。

（彼の我慢を知っているなら、私は皆と一緒に避難するべきだった）

ネイトが必死でヒトらしさを守っているのだから、ユフィもそれに合わせて、普通のヒトとして危険から遠ざかる行動をすべきだ。それは理解できる。

（だけど……）

ユフィがもしそうやって逃げていたなら、今頃公爵家の警備の者たちは大怪我を負っていたかもしれない。

あるいは、ユフィの魂を魔物たちが追ってきて、避難していた別の参加者が巻き込まれたかもしれない。ユフィの背を撫でてくれた、あの令嬢も。

「ごめんなさい。ネイトの気持ちを無下にするってわかってても……私は多分、選択を迫られたら、同じことをすると思う」

正直な気持ちを伝えれば、「わかっている」とネイトも応える。

「……だから、もどかしいと言っているんだ」

その声が本当に、ものすごく不機嫌そうで、それでいてとても甘くて、可愛くて。

申し訳ないとわかっているのに、思わず笑ってしまった。

「はあ……やはり何か方法を探さないと駄目だな。清廉潔白な騎士のままでもユフィをずっと傍に置いておけて、イチャイチャできて、危険を退けられる方法を」

「どんな条件なの、それ」

「俺ばっかりもだもだして、不公平じゃないか」

荒っぽい仕草で座席にもたれかかるネイトを見て、ほんの少し「いい気味だ」とも思ってしまったユフィは、性格が悪くなったのかもしれない。

ユフィだって、結婚できないと思っていた相手を諦められなくて、しかもその男に婚活も邪魔され続けて、ずっともだもだしていたのだから。

＊　＊　＊

あれこれ話しているうちに、いつの間にかセルウィン伯爵家のタウンハウスに到着していたらしい。

馬車が停まっても一向に降りない二人を御者が気にして、『着きましたよ』と扉を開けたのは間違った対応ではなかっただろう。

まさか車内で、二人が抱き合って座っているとは思わなかっただけで。

「わっ⁉ し、失礼しました‼」

「いえ、驚かせてすみません」

わずかな隙間もなく密着した塊、もといユフィは、少しだけ顔をずらして御者に謝罪する。

「ほらネイト、ついたから降りましょう。もう遅いんだから、御者さんを帰してあげないと」

「ん」

腕の中からぺしりと胸板を叩けば、彼は抱き締めていた腕を一本は背中、一本は膝の裏へと回して、ユフィの体を横抱きにして動き出した。

「え、ちょっと⁉」

「遅くにすまなかった。殿下によろしく伝えてくれ」

そして、それがさも当たり前のように馬車から降りていく。

男性が手を差し出したり、背中を支えて降りやすくしてあげるぐらいならエスコートの範疇《はんちゅう》だが、横抱きなど幼児のお世話か介護でしかない。

「やめてよ！ 一人で歩けます！」

「断る。今夜は絶対に離してたまるか」

ぽかんとしている御者に、慌てて飛び出してきた伯爵家の執事が謝礼を渡してくれる。迷惑をかけた彼に、礼儀は通せたと思っておこう。

……できれば、口止め料だと思ってくれることも願いたい。

「ユフィ、ネイト！　よく帰ってきたな」

扉を開ければ、すぐさま聞き慣れた声と足音が耳に入る。駆け寄ってくるのは、この家の主である父と夜勤の使用人たちだ。

普段なら皆もう眠っているような時間だというのに、娘が戻るまで起きて待っていたらしい。

「ただいま戻りました。遅くなってすみません、お父様」

「無事でよかった……怪我はしていないと王太子殿下から伺ってはいたが、顔を見るまで安心できなかったよ。ネイトも大丈夫だね？」

「はい、もちろん」

ネイトに抱かれたままのユフィに近づいた父は、顔や肩を触って確かめた後に、安堵の息をこぼしている。この体勢を一切気にしないところが、伊達に十年以上ネイトの過保護ぶりを見ていない彼らしい。

「お父様もお怪我はありませんか？　お帰りになったという連絡だけ受けていたもので」

「ああ。私は人波に流されて、そのまま外へ避難していたからね。人が多すぎて会場に戻れず、帰るしかなかったんだよ。お前が恐ろしい目に遭っていたというのに、本当にすまなかった」

「いえ！　安全なところにいてくださったのなら、それが一番です」

目に涙を浮かべながら帰りを喜んでくれる父に、胸が熱くなる。心配したり、帰りを喜んでくれる人がいるというのは、やっぱりありがたいことだ。

それから、いくらかネイトと話をした父は、早く休むように伝えて自室へ下がっていった。きっと明日も仕事があるだろうに、睡眠時間を削らせてしまったのは申し訳ない。

「俺も今夜は泊まるつもりだが、構わないか？」

「もちろんですネイト様。お部屋も毎日掃除しておりますので、すぐに使えます」

父が連れてきた使用人たちも、ちらほらと涙を見せながらユフィとネイトの無事を喜んでくれる。

当然ながら皆顔見知りの使用人だが、そこにユフィ専属侍女のモリーの姿はなかった。

「モリーはもう休んでいるのかしら？」

「いえ、実は……お嬢様がまた魔物絡みの事件に巻き込まれたと聞いて、モリーは気をやってしまいまして。今日は早退を……」

「あああ……ごめんなさいモリー」

ユフィに並々ならぬ愛情を注いでくれる彼女には、今夜のことはショックが大きすぎたようだ。

ほんの一月ほど前にも心配させたばかりなので、明日彼女に会ったらしっかりと謝っておこう。

そんなわけで、いつもとは違う侍女たちに二人がかりで盛装をといてもらう。彼女たちもネイトのことはよく知っているので、ユフィの部屋まで横抱きで運ぶことも当たり前として受け入れているようだった。……解せない。

「すみません、お風呂を用意できたらよかったのですが」

「こんな時間じゃ仕方ないわ。むしろ、ここまでやってくれてありがとう」

深夜なのでお風呂に入ることは最初から諦めていたが、それでも彼女たちは湯桶《ゆおけ》を持ってきてユフィの化粧を落とした後、体を拭き、髪も洗ってくれた。

調理場を使って準備していたそうだが、何度もお湯を替えてきれいにしてくれたおかげで、思っていたよりもずっとサッパリした気持ちで眠れそうだ。

「おやすみなさいませ、お嬢様」

揃って去っていく二人を、ユフィも精一杯の笑顔で見送る。

と、彼女たちと入れ替わるようにして、こちらも礼服から着替えたネイトが廊下で待っていた。

「兄さん、どうしたの?」

「兄さんじゃない。入っても構わないか?」

「それはもちろん」

下がる侍女たちに会釈をしたネイトは、ユフィの部屋へすたすたと入り、そのままごく自然に扉を閉じた。

「え」

流れるような動作だったせいで、ユフィが気づいた時には、もうネイトはこちらへ近づいてきている。

……これは貴族社会の暗黙の了解なのだが、未婚の男女が部屋で二人きりな場合、扉は開けておくものだ。理由は、何もやましいことはしていませんよ、というアピールである。

婚約関係にある者でも同じで、正式に夫婦となるまでは二人きりですごさないようにとされている。ユフィとネイトは実の父の計らいで密室に二人きりになったこともあるのだが――あれは告白の場だったので、特別だと思っている。

「あの、ネイト?」

無言のまま、彼はゆっくりと近づいてくる。

どうやらネイトのほうも、軽く髪と体を清めたようだ。まだ半分ほど濡れた髪が、肌にしっとりと張りついてなんとも艶《なま》めかしい。

おまけに今彼が着用しているものは、首元が広く空いた襟のない寝間着だ。先ほどまで着ていた礼服よりもはるかに薄着なせいで、彼の引き締まった体躯がはっきりとわかる。

(それに今は夜で、私の部屋って……これはまずいのでは!?)

ついでに言うなら、ユフィ自身もストンとしたワンピース型の寝間着しか着ていない。一応下着はつけているが、盛装用とは違う簡素なものだ。

「あ……あの」

否が応でも意識してしまって、顔に熱が集まってくる。大変なことがあった夜だから、きっとユフィの身を案じて来てくれただけだろうけれど。

「今夜は俺もここで寝る。いいな？」

有無を言わせない低い声に、喉がヒュッと音を立てた。

前言撤回。これはいっぱしの淑女として、拒まなければいけない訪問だったらしい。

「……だ、だめ、です。まだ、こんやくしゃだから」

しどろもどろになりながらも、それだけなんとか口にする。口が渇いていたせいで、思ったよりもかすれた声になってしまった。

「………？」

いっぱいいっぱいのユフィに対して、ネイトはパチリと目を瞬く。

直後、心から嬉しそうに頬を緩めた。

「なんだユフィ、そういうことを期待してくれたのか」

「ち、違う！　期待なんてしてないわよ‼」

直接指摘されると、ますます恥ずかしい。もう頭からは湯気が出そうだ。

「でも、意識してくれたんだろう？」

「この状況で、意識しないほうがおかしいでしょ……」

一歩、また一歩。寝る前ぐらいしか履かない、平たい靴の足音が近づいてくる。

「……っ！」

はっと気づくと、ユフィのすぐ後ろはベッドだ。もう、逃げ場はない。

「心配しなくても、何もしない。今何かして、我慢した時間を無駄にするほうが惜しい」

「本当に？」

「ああ。なんなら、俺に背中を向けて寝るといい。それで構わないぞ。それも嫌なら、俺はベッドの横に立ってるしな。今夜はお前から離れたくないだけだ」

「…………」

外見が色っぽいせいでそう見えるが、ネイトがまとう空気はとても穏やかだ。それこそ、まだ恋に至らない信頼を寄せていた、幼い頃の兄に見える。

「……立ってるのは駄目。兄さんは、今夜うんと働いていたんだから、ちゃんと横になって休んで欲しい」

「じゃあ、隣で寝ていいんだな？」

「寝るだけだからね！　絶対に変なことしないでよ！」

ユフィが念を押せば、ハイハイ、と笑いながら答える。

こんなの、一人でドキドキしているユフィが馬鹿みたいではないか。

「……もう寝ましょ」

乱暴に布団をめくって潜り込むと、ユフィの邪魔にならない場所にネイトも入ってくる。

一応それなりの大きさはあるベッドだが、体格のいいネイトが遠慮をしたら、はみ出てしまうだろう。

「兄さん、寝るならちゃんと入ってよ。もっと真ん中」

「くっつくけどいいんだな？」

「いいわよ！」

プイッと体ごと彼に背くと、背中側に温もりがくっついてくる。心地よいと感じてしまったのは、しょっちゅう抱き締められるせいで彼の体温を覚えているからだろう。

（あったかくて、意外といいかも……）

ときめき云々をさておいても、これならよく眠れそうだ。

「おやすみユフィ。ゆっくり休むといい。俺がここにいるから、何も怖くないからな」

子守歌のような優しい囁《ささや》きが耳に落ちる。

この人がいてくれるなら、絶対に大丈夫という安心感が体じゅうに広がっていく。

「うん……大好き」

ユフィもそっと呟いて、目を閉じる。

今夜は恐ろしい体験をしたはずなのに。瞼《まぶた》の裏に見えるのは、ネイトの砂糖菓子のような微笑みばかりだった。

＊　＊　＊

「お嬢様、起きてらっしゃいますか？　お嬢様？」

コンコンと、軽快なノックの音と、聞き慣れた女性の声が響いている。

（モリー……？）

ぼんやりとした頭に、お世話になっている専属侍女の顔が浮かぶ。うっすらと開けた視界には明るい日が差していて、すっかり夜は明けたようだ。

（いつの間に……ついさっき眠った気がするのに）

夢も見ずに熟睡していたのか、時間感覚がふわふわしている。ただ、体はとてもポカポカで、幸福感に満ちていた。

「おふとん、きもちいい……」

とろとろと溶けるように、また瞼が閉じてしまう。

ほどよい弾力と、鼻孔をくすぐる落ち着く香り。ずっとここにいたいと心が強く願っている。まるで楽園だ。

「しあわせ……」

より心地よいほうへ顔をすり寄せると、「ん……」とかすかな声が聞こえる。続けて、規則正しい吐息と、緩やかなリズムを刻む鼓動が肌から伝わってきた。

「………え」

一瞬で眠気が覚めたユフィは、思い切り目を開く。

思った通り、ユフィが頭を預けていたのは、緩やかに上下するネイトの胸元だった。

「なっ――!?」

上げそうになった声を、慌てて呑み込む。ネイトの位置は、昨夜ベッドに入った時からほとんど変わっていない。……ユフィが、ネイトのほうに向き直って、甘えて眠っていたのだ。

（な、何やってるの私!?）

無意識下とはいえ、一歩間違えたら痴女である。婚約段階で同衾《どうきん》するのも本当はよくないのに、ぴったりくっついて幸せを感じていたなど、これでは普段のネイトの行動を悪く言えない。

温まった体は羞恥でどんどん熱くなり、今にもベッドを燃やしてしまいそうだ。

「どうしよう……」

頭ではすぐに離れるべきだとわかっているのに、体がうまく動かない。ネイトから離れたくないと、恋するユフィの心が叫んでいる。

（こんなの、恋愛小説のヒロインみたい）

あなたが好きで、体が言うことを聞かないの、なんて創作の話だと思っていたのに。現実は物語以上に制御不能だ。

いつもよりも幼い顔で眠る彼が、愛しくてたまらない。

(もう少しだけ)

頭はすっかり起きているのに、目を閉じるとあっと言う間に眠れそうな気がしてくる。いっそ、このまま時間が止まってしまえばいいのに、なんてことまで考えてしまう始末だ。

「あったかくて、きもちいい……」

「お嬢様、大丈夫ですか⁉」

「あ」

——うっとりと夢に旅立とうとしたのと、身を案じた侍女が扉を開いたのは、ほぼ同時だった。

視界に飛び込む美人の顔は、見る見るうちに驚きから怒りへと変わっていく。

「あ、あの。おはよう、モリー。これはね……」

「お二人とも何やってるんですか⁉」

「うわっ⁉　どうした、敵襲か⁉」

清々《すがすが》しい朝に、敏腕侍女の怒声が響き渡る。

彼女には昨夜心配をかけてしまったことを謝罪しようと思っていたのに、どうやら今日も、慌ただしい幕開けになってしまったらしい。

＊　＊　＊

「昨夜は大変な思いをしただろうし、気持ちはわかるけどね、二人とも。婚約段階で同衾してしまうのは、お父様もちょっと擁護できないよ？」

「……すみません」

その後、ネイトはユフィの部屋からあっさりと追い出されて、ユフィは質問攻めに遭いながら支度をしてもらう事態になったものの、事情が事情なせいか、思ったよりは怒られずに朝食の時間となった。

使い慣れた食堂には、父伯爵とユフィ、そして騎士制服に着替えたネイトが同席している。

「そうは言うが父上。俺とユフィが一緒に寝るのなんて、別に珍しいことでもないだろう。昔は怖い話を聞いたりする度に、ユフィは俺のベッドに逃げてきたし」

「いつの話よ⁉　だいたい、そんなに頻繁に行ったりしてないから！」

「そこはお父様かお母様を頼って欲しかったよ、ユフィ」

本当に幼い頃の話を出すネイトに、つい手にしていたフォークを目玉焼きに突き刺してしまう。

ちなみに両親のもとへ行かなかったのは、単に二人の寝室が遠かったからだ。近い兄の部屋で受け入れてもらえるとわかれば、二度目以降もそちらへ逃げてしまうのは仕方ない。

「まあ、幼少の記憶を辿って俺にすがってしまうほど、昨夜の体験は恐ろしかったということですよ。俺も誓って何もしていませんし、心を病むよりはマシだと思ってください」

「それはそうだが……まあ、今回だけは大目に見ようか」

実際に、下手をしたら命にかかわる状況だった以上、父も追及するつもりはないようだ。

本当は魔物のことなどすっかり頭から消えていたし、そもそもユフィから離れないと言ってきたのはネイトのほうなのだが……自らくっついて眠っていた以上、ここはネイトの話に乗っておくのが賢明だろう。

「それで、ネイトは今日はどうするんだ？」

「どうもこうも、普通に出勤しますよ。王都内で魔物の襲撃を許したなど、治安を守る騎士団の沽《こ》券《けん》にかかわるでしょうし。そうでなくても、どうせ王太子殿下から要請がかかりますしね」

王太子から直々に指名されることを、さも嫌そうに言うあたりがネイトらしいところだ。

だが、街の中で召喚儀式が成功してしまったのは、確かに問題である。

昨夜はネイトがいたので事なきを得たが、もし彼がいないところで魔物が出てしまったら、一般的な警備で太刀打ちできるとは思えない。

昨夜もそうだったように、警備といっても対人間だけを想定していて、戦うための武器を所持していないことが多いのだ。

あるいは、そんな警備すらもない場所に魔物が現れてしまったら、それはもう一方的な蹂躙《じゅうりん》でしかない。

「……ネイト。お前は、昨夜の襲撃は公爵閣下を狙ったものだと思うか?」

「それはなんとも。ただ、国に対して影響力のある人間を襲ったことに、意味はあるかもしれませんね。あの方の場合は、ご子息を利用することもできましたし。今のところ、政治的な関与を肯定も否定もできません」

食事の席に重い空気が落ちる。ジュディスを狙った一件もそうだったが、召喚儀式で魔物を呼び出すことに成功しても、共に術者は死亡してしまった。

そうまでして手にしたい栄光とは一体なんだろう。それに、悪魔崇拝者たちは死が恐ろしくはないのだろうか。

「頭の痛い話だな。そろそろ私も妻に会えると思っていたのに。これではとてもじゃないが、王都に招くことはできなそうだ」

「私もお母様に会いたいです。なんとかお休みをもらって、領地へ帰るしかないですね」

深くため息をつく父に、ユフィもネイトも苦笑を返す。ただ、ユフィが魔物に狙われやすいのなら、ことがちゃんと片付くまでは動かないほうがいいかもしれない。

「父上やユフィには影響が及ばないように、俺が頑張ってきますよ。ただ代わりに、俺が仕事をしている間のユフィの安全は守ってくださいね」

「兄さん……」

何につけてもユフィを第一に考えてくれるネイトに、胸が温かくなる。父も何度も頷いているので、またしばらくは夜会などに参加しない生活になりそうだ。

「いいか、ユフィ。昨夜の事件が片付くまでは、ちゃんと父上の言うことを聞いて、いい子にしているんだぞ。くれぐれも一人で出歩いたりしないように。万が一何かに巻き込まれそうになったら、すぐに俺を呼ぶんだ。わかったな?」

「わ、わかってるわよ」

ただ、どうしても言い方が幼子に向けるそれなので、もやもやしてしまう。さすがに昨日の今日で無理なんてするつもりはない。

ユフィだって、ネイトを悲しませたいわけではないのだから。

(というか、私のせいでネイトが諸々《もろもろ》を我慢できなくなったら大惨事だもの。王太子殿下や皆のためにも、緊急時以外は大人しくしてなくちゃ)

ネイトのことは本当に好きだが、彼は〝悪魔〟なのだ。それは絶対に忘れてはいけない。

「念のためこの屋敷も、空き部屋や物置きなんかの儀式に使えそうな場所は、全て確認しておいていただけると助かります。大丈夫だと思いたいですが、可能性は全て潰しておきたいので」

ネイトが真面目な表情で頼むと、父も頷き、すぐに執事へ指示を出した。

この屋敷の使用人は、ユフィでも全員の名前を言えるほどの人数しかいないが、万が一ということもありえる。

何せ昨夜、〝洗脳されている〟という可能性も聞いたばかりだ。

「ユフィ、俺も努力はするが……ヒトのルールを逸脱させないでくれよ」

「……ええ。約束する」

再度の念押しにも強く頷いて返す。決して無茶はしないというユフィの意思表示を確認して、ようやくネイトは出勤していった。

家を出る最後の最後まで、ユフィのことを何度もふり返りながら。

「朝は本当に驚きましたが、ネイト様はお嬢様のことが心配でたまらなかっただけなのですね」

「うん、そうね。離れて暮らしているから、余計に心配みたい」

今朝の発見時はネイトに対してかなり怒っていたモリーも、昨夜の出来事を考え、少し態度を軟化してくれたようだ。

先日言っていたように思うところもまだあるだろうが、彼ほど頼りになる存在もいないのだから、結局は受け入れるしかない。

「モリーもごめんなさい。すごく心配させちゃったみたいで」

「魔物が現れたことは、お嬢様のせいではありませんもの。本当にご無事でよかったです。……政治的なことにしろ、宗教的なことにしろ、早く真に平和な日が戻ってくるといいのですが」

「そうね。それは私も同感よ」

まだ少し不安そうなモリーに、ユフィは彼女の手を握って気持ちを慰め合う。

（まあ、魔物は召喚儀式さえしなければ現れないだろうし、家から出なければ大丈夫よね。今までだって、街の外の魔物が入ってきたって話は聞かないし）

街の中に現れた魔物は、全て誰かが意図的に召喚したものだった。それに、政治的な意味でユフィを狙う者はまずいないだろう。

先の事件だって王太子妃争いに巻き込まれただけだし、昨夜の一件も恐らくは公爵を狙ったもので、ユフィはたまたま居合わせた参加者にすぎない。

婚約を公表している一伯爵令嬢に大した価値などなく、魂なんてものに価値を見出すのは人外の者だけだ。ネイト狙いだった令嬢たちが、嫉妬をぶつけるにしても遅すぎる。

「とにかく、今日は一日引きこもってゆっくりしましょう」

「でしたら、久しぶりに読書ができそうですね。お嬢様が頼んでいた恋愛小説、私のところで何冊か預かっておりますよ」

「やった！」

目を輝かせるユフィに、モリーの表情もようやくいつも通りの穏やかなものへと変わる。

かくして、大変だった夜会の翌日は、のんびりとすごす休日となる——はずだった。

魔物の襲撃や悪魔崇拝者など、とんでもないことが起こってしまったせいで、ユフィはその存在をすっかり忘れていたのだ。

「あの、お嬢様にお客様です」

「……私に？」

自室へ戻って新作小説を吟味していたユフィのもとに、困惑した様子の使用人が訪れたのは、朝食からそう時間も経たないうちだった。

屋敷内でも、まだ執事たちが空き部屋を確認している最中である。予想外のことに、室内の空気が張り詰めていくのがわかる。

昨日の今日で、ユフィに来客があるとはとても思えない。

「もしかして、王太子殿下のご命令で来られた使者の方？　それとも、兄さん関係で騎士団の方かしら？」

「いえ、どちらでもありません。昨日、夜会が開かれた公爵家の関係の方だそうです」

「公爵閣下の……？」

一応縁はあるが、何故ユフィのもとを訪れるのかわからないところだ。

昨夜の話がしたいのなら、ユフィではなく、まずネイトや騎士団へ話がいくはずである。

「お嬢様、お引き取りいただきましょう。前触れもなく訪れる方など、非常識だとお断りしても大丈夫なはずです」

「それはそうだけど、何故私を名指しなのか、ちょっと気になるわね」

警戒心をあらわにするモリーに、ユフィも少し考えてみる。……だが、やはり理由は思い当たらない。昨夜の一件以外では、格上の公爵家に接点があるはずもないのだ。

「……よし。すぐに会わずに、こっそり窺ってみましょう」

連絡に来た使用人も連れて、ユフィたちはそっと部屋から出る。

幸い、ユフィの部屋は二階にあるので、エントランスを覗くぐらいなら顔を見せなくてもどうにかなる。

「一体誰かしら……」

壁の陰からそっと階下へ視線を向けると、戸惑った様子の使用人たちに囲まれた、真っ白な塊が見える。恐らくは、裾が長めのマントか何かを頭まですっぽりと着用しているのだろう。この時点で、明らかに怪しい。

「ん？」

付き人などはなく一人のみ。身長の高さから察するに、男性のようだ。

ふと、広く空いた袖口から、彼の腕が出てくる。露出された肌は、この辺りでは見かけない褐色をしていた。

「……ネイト様？　いえ、それにしては少し身長が低いような」

「兄さんじゃないわ」

疑問をこぼすモリーに、はっきりと否定する。

ユフィの脳裏に、昨夜の襲撃の前の記憶が蘇《よみがえ》る――と同時に、白い塊がぐりんとこちらへ顔を向けた。

「ッ‼」

その勢いで外れた頭部の布から、真っ黒な長い髪が覗く。

「ユーフェミアさん」

未だ隠れたままのユフィの姿を正確に捉えて、名前を呼んだその人物は——昨日の夜会で偶然出会った、ネイトと同じ異国風の青年、ディエゴだった。

四章　もう一人の悪魔

「お待たせいたしました、紅茶でよろしかったですか？」

「ありがとうございます。いただきます」

――さて、ところ変わって、ここは応接室である。

使い慣れたソファには、片側にユフィが。その向かい側には、白いマントを完全に取り払ったディエゴが座っている。

にこにこと愛想よくお茶とお菓子を用意しているのは、つい先ほどまでユフィと一緒に隠れて訪問者を見定めていたモリーだ。

しかも、使用されているティーセットは、大事なお客様が来た時にだけ使う、とても高価な陶器だったはずである。

一体何故、こんなことになったのか。じっとりと汗の滲んだ手を握り締めながら、ユフィは数分前のやりとりを思い出してみる。

なんの報せもなく突然現れた、公爵家からの訪問者だというディエゴ。

目的は父伯爵ではなくユフィだと言った彼を、誰もが〝不審人物〟として警戒していた。

だが、ディエゴが一言口にした瞬間、彼らの態度はガラッと変わって、ディエゴのことを大事なお客様としてもてなし始めたのだ。


「僕は＊＊＊から来た使者です」と。


（私だけ、また国名が聞き取れなかったのよね）

昨夜も言っていた、ここより東のほうにあるという国。他の部分は聞こえたのだから、決してディエゴの声が小さかったわけではないのに、またそこだけ聞き取れなかった。

この国の言語ではないにしても、音としては聞こえるはずだ。なのに、ユフィの耳はそれを認識できなかったのだ。

とにかく、そこから専属侍女のモリーまでもが歓待の態勢になり、あれよあれよという間に応接室に通されてしまっている。

父付きの執事からは『くれぐれも粗相のないように』と釘を刺されたほどだ。

（粗相も何も、まず私は人様をお迎えできるような格好じゃないんですけど⁉）

今日はゆっくり引きこもっているつもりだったので、当然ドレスなど着ていない。

いつも屋敷の中だけで着ている、ブラウスとスカートという簡素な出で立ちだ。寝癖ぐらいは直してもらったものの、化粧すらしていない。

こんな状態のユフィに、お客様をもてなせというほうが非常識だ。

(兄さんは騎士団へ行っているし、お父様も出仕しているから夕方まで戻らない)

そうなれば、この家で今一番力を持つのはユフィなのだが、今の彼らの様子を見る限り、ユフィよりもディエゴの発言を優先しそうだ。

(なんて国か知らないけど、そんなに大事な取引国なんてあったかしら)

ユフィも一応伯爵令嬢だ。それほど詳しいわけではないが、最低限、自国と周辺国のことは勉強している。

その知識を踏まえた上で考えても、ディエゴが着用している衣服のような文化の国とは、深い外交関係があるとは思えない。

(公爵閣下と交流があるのなら……と昨日は思ってたけど、そんな人が私のもとへ訪れる理由はないもの。しかも、昨日の今日だなんて)

去り際のことを考えるなら、恐らく公爵家では今日、儀式跡の検証が進んでいるはずだ。

その場に賓客のディエゴを滞在させるのが申し訳ないと思ったのかもしれないが、勤務者の名簿を確認するようなことを話していたのに、外へ出すことがまずおかしい。

賓客だろうが誰だろうが、公爵家にいた時点でどうしても容疑がかかる。

やましい部分がないなら、多少面倒でも今日は屋敷から出るべきではない。そんなことは、子どもでもわかるのに。

（……というより、〝私が目的〟の時点で、一つ仮説が成り立つのよね）

貴族令嬢としてのユフィには、今あまり価値はない。ネイトのように恋愛感情を抱くなら別だが、少し話しただけのディエゴがそう想う可能性は限りなく低いだろう。

だが、ユフィに価値を見出す存在はいるし、それがどういう者かもユフィは知っている。

「それでは、どうぞごゆっくり」

「え？　モリー、待っ……」

丁寧な所作で礼をして、モリーは応接室を去っていく。専属侍女がユフィを無視するなんて、今までなかったことだ。

もちろん、唯一の出入口である扉は開け放たれたままだが……。

「…………」

去りゆく彼女をディエゴの視線が追いかける。モリーを見ているのかと思ったが、〝ひとりでに〟扉が動き始めたところで、それは違うと気づいた。

ディエゴは、人の気配が離れるタイミングを待っていたのだ。

（風も吹いていない室内で、扉が勝手に動くはずがないわ！　この人からは怖い感じがしなかったから、違うと思いたかったのに！）

すっかり汗で湿った手をソファについて、さっと腰を浮かせる。

本当は、彼がネイトと似た風貌をしている時点で、どこかで疑っていた。

けれど、異国風の衣服と無害そうな態度が、ディエゴはただの外国人だと思わせたのだ。

(私に価値を見出すのは、〝私の魂〟が見える存在)

――つまりは、ヒトではないものだから。

「ああ……やっぱりユーフェミアさんは、僕を信じてくれないんですね」

しょんぼりと眉を下げながら、ディエゴが呟く。耳に届く声はいかにもいじめられっ子のような弱々しいものだが、騙されるわけにはいかない。

(だってどう考えても、今ピンチなのは私だものね!!)

パタン、と軽い音を立てて、扉が閉まってしまう。未婚の男女を、それも婚約者がいる令嬢を男と二人きりにするなんて、普段のモリーなら絶対にするわけがない。

(逃げなきゃ……)

ソファからはすでに離れている。後は、足を前に出せばいいだけなのに……その足が地面に縫いつけられたかのように動かない。

体が重くて、息も苦しい。もしや、ディエゴが何かしたのだろうか。

「僕はただ、少しお話がしたいだけです」

なおも、弱々しい声が続く。こちらの機嫌を窺っているようなへりくだった雰囲気なのに、ユフィにはそれすらも恐ろしく感じられてしまう。

(怖い……どうしよう)

やっぱり、護身術や危険な時に使える技能を習っておくべきだったか。いや、出勤するネイトを引き留めて、ずっと傍にいてとすがればよかったのか。

「ネイト……助けて、助けて……!」

「――ネイト?」

絞り出した声は、ディエゴよりもなお小さく、かすれている。

額から流れた冷たい汗が、一筋落ちて――。


「呼んだか、ユフィ」


直後、ダンッと蹴破るような大きな音を響かせて、応接室の扉が開かれた。

「え」

否、どうも本当に蹴り開けたようだ。室内に押し出された扉にはくっきりと靴跡が残り、蝶番《ちょうつがい》が片方歪んで外れかけている。

そして、惨状をものともせずに入ってくるのは、純白の騎士服に身を包む、黒髪紫眼の美貌の騎士だ。

「ネイト‼」

彼の姿を捉えた瞬間、重くのしかかっていた空気がフッとかき消えて、ユフィの体が自由に動くようになる。

そのまま数歩の距離を全力で縮めれば、しっかりと厚い胸板がユフィを抱きとめてくれた。

「嫌な予感がしたから、午後出勤の連絡だけして戻ってきたんだよ。正解だったな」

「ネイト……よかったあ……！」

力いっぱいしがみついても、ネイトは当たり前のように受け止めて、左手でユフィの背を撫でてくれる。

対してもう片方の手は、いつの間にか剣を抜いて構えていた。騎士団で支給される、正真正銘、刃《やいば》のついた真剣だ。

「俺の婚約者に言い寄ろうなんて、それだけで極刑ものだが——お前、悪魔だな」

「…………」

ユフィの予想の答え合わせをするように、怒気の滲んだ低い声が宣言する。

ああ、やはりそうかという気持ちと、外れてくれればよかったのにという気持ちが半々ぐらいの不思議な心地だ。

「あ……」

ディエゴの緑色の瞳が見開かれて、じっとネイトを見つめる。

こう見れば、二人は本当に〝一緒〟だ。褐色の肌に、炭のような真っ黒な髪。どこか艶のある魅力的な容姿こそが、ヒトを誘惑する悪魔らしさなのかもしれない。

二人の視線が、ユフィの頭上で交わる。……しかし何故か、敵対するような緊張感も、怒気も殺意も感じられなかった。


「お会いできて光栄です、ネイト様‼」

次の瞬間、黄色い声としか表現できない感嘆が響き、ネイトとユフィはくっついたまま固まることになってしまった。

「…………は？」


乾いた疑問が、二人の口から同時にこぼれる。

今この男は、自分に刃を向けている相手に光栄だと言わなかっただろうか。

ネイト様、と明らかな敬称をつけて呼んでいた気もする。

「……え？　なに？　兄さん、このヒト知り合い？」

「また兄さんって言う……。俺はまったく知らん。初対面だ。そもそも、力が弱すぎるせいで、対面して初めて悪魔だと気づけたぐらいだしな」

「そんなに……？」

ネイトの顔を見上げながら訊ねると、彼は若干気持ち悪そうに、首を横にふった。

そしてまたディエゴに視線を戻すと、彼の目はキラキラと輝き、頬ははっきりわかるほどに赤く染まり、恍惚《こうこつ》とした表情を浮かべている。

え、なんだこれ。というのが、ユフィの率直な感想だ。

「えっと、ディエゴさんはネイトのことを知ってるの？」

「知ってるに決まってます！　むしろ、ネイト様のことを知らない悪魔はいません‼　全悪魔が憧れる、最っっっ高に魅力的なお方ですよ⁉」

「へえ、そうなのか？　初耳だ」

「待って本人」

「本当に初耳なんだよ。こんな目で見られたこともないぞ」

感動の涙すら浮かべるディエゴに、ネイトは嫌そうな顔で一歩後ずさる。引きたい気持ちはわからなくもないが、今はちょっと耐えて欲しい。

とりあえず、そっと剣をしまったネイトは、斜めになった扉を強引に閉じる。その足で先ほどユフィが離れたばかりのソファへ戻ると、二人で一緒に腰を下ろした。

「あー……ディエゴというのか？　お前は悪魔だよな？」

「はい！　虫けらの如《ごと》く弱いですが、悪魔です‼」

そのまま、まるで面接めいた会話が始まる。半眼になっているネイトと比べて、ディエゴは驚くほど幸せそうだ。背中に舞い散る花びらが見えたのは、ユフィだけではないだろう。

「お前はここで、何をしていた？」

「ユーフェミアさんに会いに来ました。彼女ほど清らかで稀有な魂ならば、絶対に強い悪魔が唾をつけているだろうなと思って。まさかネイト様とは思いませんでしたが、来てよかったです」

（唾をつけるって……）

ある意味間違っていないが、そういう表現をされると複雑である。

とはいえ、ディエゴはやはりユフィ本人ではなく、魂に価値を感じて近づいてきたらしい。ただ魔物とは違い、突然襲って奪い取ろうとはしないようだ。

「ユフィの魂を手に入れようとしたのではないのか？」

「違いますよ！　僕みたいな雑魚がこの魂をもらっても、宝の持ち腐れです。美しい魂は、強くて魅力的な悪魔が得るべきですよ。ネイト様のような！」

「いちいち称《たた》えられると気持ち悪いな」

褒められているにもかかわらず、ネイトは虫でも見たかのように頬を引きつらせている。

言うまでもなく、人間社会でもしょっちゅう褒められているはずだが、同じ悪魔からの賞賛は感覚が違うのかもしれない。

「それにしても、まさかここでネイト様にお会いできるとは……どうか、僕の話を聞いていただけませんでしょうか？」

ふいに、キラキラした尊敬オーラを治めたディエゴが、表情と姿勢を正す。

ネイトは一旦ユフィと顔を見合わせた後、「話すだけ話してみろ」と促した。

「ありがとうございます。ネイト様はもちろんご存じだとは思いますが、ここ最近我々を崇拝する一部の人間たちが、無差別に召喚儀式を行って困っているのです」

「召喚儀式って、昨日の夜会で行われたみたいなのが……？」

ユフィが呟くと、彼もしっかりと首肯する。

異形の化け物を呼び出す儀式が頻繁に行われているとしたら、ただごとではない。

「実は僕も、その儀式でうっかり呼ばれてしまってこちらへ来たんです。ほら僕、弱くてなり損ないどもと同程度の格しかないもので……」

しょんぼりと俯くディエゴの周囲には、いじめられっ子特有の湿った空気が漂っている。

ネイトには劣るものの、彼だって外見は悪くないので、色々ともったいない。

「ですが、僕の召喚者は生贄の用意が足りなかったのでしょう。出てきた時には、干からびて亡くなっていました」

「うわ……」

昨日も聞いたばかりの話に、ユフィの背中を冷たいものが流れる。

実物を見たこともあるし、そういえばユフィ本人もネイトが召喚された時の生贄だったと思い出せば、他人事とは思えない話だ。

「生贄、やっぱりいるんだ……」

「まあ、性質上どうしてもな。基本的に子ヤギや子羊を使うんだが、ぽいぽい死人が出てるあたり、悪魔崇拝者たちの中でも儀式のやり方の伝達がうまくいっていないのかもな」

ただ呆れたような感想をこぼすネイトに、この人もやはり悪魔なのだと思い知る。ユフィも博愛主義者ではないので咎めたりはしないが、簡単に人が死ぬのは恐ろしいとは思う。

「それで？　この世界に来た経緯はわかったが、何故ユフィのもとを訪れた？」

ネイトが続きを促すと、ディエゴは心底困った様子でぎゅっと両手を組んだ。

「術者が亡くなっていたので、僕には契約者がいないのです。このままでは、あちらへ戻ることもできず、下手をしたら消されてしまいます！」

この世の終わりのように組んだ手に額をこすりつけるディエゴに、ネイトはますます呆れた表情で後頭部を掻く。

「えっと……？」

「ああ、ユフィには言っていなかったな。悪魔は、契約者がいないと現界していられない」

現界とは、姿形を保ってこの世界に留まること、らしい。

ネイトが言うには、ユフィたちが暮らしている世界と悪魔が暮らしている世界は別の次元にあり、召喚儀式を用いなければ、原則移動はできないのだそうだ。

また、悪魔がこちらに留まるためには契約者が必要で、その人物の願いを叶えている間だけこちらの世界に留まれるとのこと。

願いを叶える代価が――魂だ。

「契約者がいないとどうなるの？」

「簡単に言うと罰を受ける。悪魔は召喚に応じた時点で、誰かの願いを叶える義務が発生しているからな。誰とも契約をしないのはルール違反だし、元の世界へ戻ることも一人ではできない」

「うううう……」

ネイトが説明をしている間に、ディエゴはいよいよ泣き出してしまった。

悪魔というと、どうしても自分勝手に暴れる悍《おぞ》ましい存在という先入観があるが、どちらかというとそれは魔物で、悪魔には厳格なルールがあるようだ。

（一人で帰ることもできないなんて、かなり厳しい世界ね）

まるで、ノルマがキツい営業職のようだ。

もっとも、人間側も命をかけて召喚儀式を行っているのだから、悪魔がルールを遵守してくれるのは多分ありがたい話だ。

（悪魔側も大変そうだけど、この儀式と契約者のルールがなかったら、人間の世界は悪魔と魔物に食い荒らされてめちゃくちゃになってそうだしね）

……そう考えると、先のジュディスを狙った事件のように、自分の願いを叶えてもらうためではなく〝魔物を呼び出して暴れさせること〟を目的に儀式を行う悪魔崇拝者は、つくづく命知らずだと痛感する。

願いが叶うからこそ皆命をかける覚悟もできるのだろうに、そうしたご褒美もないのに儀式を実行するなんて、ただの自殺志願者だ。

それとも、儀式を成功させることそのものが、彼らの願いなのか。もしそうなら、邪教徒ながら実に無欲な狂気だ。

「その事情で、俺に頼みたいこととは？」

ネイトが面倒くさそうに結論を急《せ》かすと、ぐすぐすと鼻を鳴らしていたディエゴが、涙に濡れたままの顔を深く下げて、懇願してきた。

「お願いします。ネイト様のもとに集っている人間を一人、僕に分けてください!!」

「……なんの話だ？」

心からのお願い、といった体のディエゴに、ネイトは素で首をかしげる。横で聞いているだけのユフィにも、よくわからない展開だ。

「俺のところには誰も来ていないぞ。俺にはユフィだけだ」

「そんな、ご謙遜なさらないでください！　あなた様のような強い悪魔のもとに、力を欲する人間が集まらないはずがありません!!　身の丈に合わない栄光を望み、倒せ殺せとあなた様にすがってくるはずです！　人間なんて、いつの世でもそうだったじゃありませんか!!」

「は……」

ディエゴが熱心に語る内容に、ユフィは冷水を浴びせられたような気分になった。

確かに、歴史書に残る『悪魔がかかわったとされる事件』は恐ろしいものばかりだ。人が沢山死んでいたり、だいたいが悲惨な記録となっている。

悪魔に契約を望む人間とは、〝そういうもの〟なのだろう。

（命を賭して願いごとをするなら、その野望が簡単に叶うような内容のはずはないわね）

自分で叶えられることなら、わざわざ悪魔に頼んだりはしない。

ユフィはネイトと穏やかな関係を築いてきたから、そういう考えにまったく思い至らなかった。きっと、自分たちの関係のほうが、悪魔からしたら異常なのだ。

（あまりに今が幸せだから、追及もしなかったわ。ネイトも願いや契約について、特に何も言ってこなかったし。でも、ネイトも今までそういう願いを叶えてきたってことよね？）

ネイトが強いことは知っている。昨日はその危うさの片鱗《へんりん》も、少しだけ見てしまった。ユフィとの生活を邪魔するヒトの世のルールが、煩わしいと。

（それを壊せるぐらいに強いことは知ってたけど）

実際に、ネイトが〝そうしている姿〟をユフィは見たことがない。

彼が剣を向ける相手は、いつだって異形の化け物だったのだから。

（でも、それを願いとして乞われたなら――）

ネイトも、人を殺していたのか。それも、一人二人ではきかない数を？

「…………」

どくどくと勢いを増していく鼓動を、服の上から押さえつける。

ちらりとディエゴを窺うと、彼はユフィと目を合わせて、さもそれが素晴らしいことのように語り始める。

「ユーフェミアさんも昨日、ご覧になったでしょう。アドラム戦役の絵画を！　あそこに描かれていた方は、何を隠そうネイト様ですよ‼」

喜びに溢れた彼の声が、ずしんとお腹に染みる。

何千という民を、全て一人で殺し尽くしたと昨日聞いたばかりだ。

悪魔のような男だった、と。

「え、でも、国王だってあなたが……」

「ええ、そうですよ。あの時の契約者の願いを叶えるためには、それが一番手っ取り早かったと聞いております。ユーフェミアさんは、他国の歴史はあまり興味のない方ですか？　かの王は、数多の地でヒトを殺し尽くした後に、子を残すことなく戦死したという記録になっているはずですよ。実際には、契約者の願いを叶え終わったので、お帰りになっただけです」

先ほどと同じように、いや、ますます輝きをもって、ディエゴはネイトの過去の栄光を語る。

その活《い》き活きとした様子を見るに、決して彼の妄想というわけではなさそうだ。

（そういえば、昨日も言っていたものね。強さが羨ましいって）

人間ではなく、同じ悪魔に対しての憧れだったというわけだ。

倫理観を抜きにして考えれば、多分〝仕事ができる同類〟への純粋な尊敬になる。

「ふふ、あの戦争以外にも、ネイト様が力をふるわれた戦いは数多くあるのです！　この方が地上へ降り立つ度にわくわくしましたよ。今度はどの国の歴史を血に染めるのだろうって……」

「——言いたいことはそれだけか」

語り足りない雰囲気のディエゴに、鋭い制止の声がかかる。

気づけば、ぞっとするほど冷たい目で、ネイトがディエゴを睨《ね》めつけていた。

「お前のためにしてやることなどない。即刻失せろ」

「そ、そんな！　待ってください！」

ディエゴにとっては、殺戮《さつりく》の記録を語ることもネイトを褒め称える一環だったのだろう。

しかし、ネイトの顔を少しでも窺えば、それが間違いだったと気づけるのに、なんとも間抜けな男だ。

「お願いします、ネイト様……何とぞ、お力添えを」

「してやることも、分けてやる契約者もいない。公爵家の客人を名乗るのなら、あちらの家で相手を探せばいいだろう」

「あの家の方は駄目です。ご当主たちは、願いは己の力で叶えるべきと言って相手にしてくれませんでしたし、悪魔崇拝者たちは強い洗脳をされていて話なんてできませんし」

洗脳、という言葉でユフィはハッとする。お茶を用意して去っていったモリーや執事たちが、まさにそういう状態に感じられたのだ。

「ディエゴさん。もしかして、我が家の使用人たちに洗脳をしましたか⁉」

「え？　してませんよ！　僕にできるのは〝僕への対応をよくする〟程度のもので、洗脳なんて強い力はとても使えません！」

「……だろうな」

ユフィの問いかけに、ディエゴは両手を顔の横でブンブンふりながら否定する。ネイトも頷いているので、洗脳というのはもっと強制的な精神汚染のようだ。

「昨夜の襲撃者たちは、ほとんど自我がない状態だった。こんなか細い力しかない悪魔では、意識を塗り潰すなんてとても無理だろう」

「そうなんです。あの公爵も、息子さんのことでお困りなら契約してくれるかなーと思ったのに……。ままならないですね」

（なるほど。公爵閣下は立派な方なのね）

また聞きだが、昨日出会ったあの老齢の公爵の真っ当ぶりを知ることができて、ユフィも少し気分がいい。

高位貴族がちゃんとしていると、国や政治というものにも信頼を寄せられそうだ。

一方で、ディエゴにとって公爵家はハズレだったらしい。そりゃあ、悪魔と契約なんてそうそう結ばないだろうというのが人間としての感想だが、帰ることすらできない彼にとっては死活問題に違いない。

「だったら、ネイト経由で騎士団に行ってみたらどうでしょう？」

「は⁉」

ユフィの提案に、二人は揃って声を上げる。

片方は嬉しそうに、片方は『何を言っているんだ』と抗議も含めて。

「契約を済ませないと、帰れないのよね？　私としても、ネイト以外の悪魔がこの国にいるなんて怖いし……騎士団の方なら、何かあっても戦えるじゃない」

「ユフィ、わざわざ協力なんてしてやる必要はないぞ。今すぐこいつを殺せばいいだけだ」

「ひいっ⁉　ネイト様に殺されるなら仕方ないですけど、できれば帰りたいです……」

ゴキッと指を鳴らしたネイトに、ディエゴは肩を震え上がらせる。彼は悪魔の中でも、相当下っ端のようだ。

「…………」

ユフィとしても、ネイトが簡単に死を扱うところを見ると、恐怖を覚えてしまう。

今までは〝きれいなおにいちゃん〟として彼が気をつけてくれていた甲斐《かい》もあり、とんでもなく強い騎士という印象だけで済んでいたのだが……。

（もし本当に、歴史に残るような大量殺戮をネイトがしてたのなら……多分彼は、普通の顔をして人間を殺せる）

ネイトはユフィのことを大事にしてくれているし、ユフィもネイトのことが好きだ。

それでも、もし自分の魂とやらが他の人と同程度の価値しかなかったら、ネイトはユフィのこともなんの感慨もなく殺せてしまうのかもしれないと考えると……恐怖と悲しみが同時に胸を埋め尽くしていく。

（最初から人外の存在だって知ってたのに、こんなに怖いのは初めてかも）

ネイトにも伝わってしまうとわかっていても、どうしても恐怖感が拭えない。せっかく婚約までしたのに、このままで自分たちは大丈夫なのだろうか。

「………わかった。騎士団に連れていこう」

「本当ですか⁉」

しばしの間を置いて、ネイトはうんざりした様子でディエゴに声をかけた。途端に喜色満面に変わるディエゴは、実に表情が豊かである。

「ただし、悪魔であることは契約直前まで絶対に伏せろ。お前のような弱い存在では、人間の騎士相手でも普通に負けるからな」

「わかってます、いい子にしてます！　ネイト様、ありがとうございます‼」

わっと両手を上げて喜ぶ彼に、ネイトは深いため息をこぼす。

「……これでいいか、ユフィ」

言うまでもなく、ユフィが怖がっているから、こんな対応をしたのだろう。

自分はユフィの願いを叶える〝きれいなおにいちゃん〟だと示してくれたのだ。

「ありがとう、ネイト。……怖がってごめんなさい」

「これまでが普通に受け入れすぎていたんだ。俺の正体が変わらないことも、わかっていたのに」

普通に受け入れられていたのは、ネイトがそのようにふるまってくれたからだ。ユフィを怖がらせないように、兄として……そして、一人の男性として生きてきてくれた。

「だが、俺はユフィのことを心から愛しているし、伴侶として手放す気はないから。それだけは覚えていてくれ」

「私だって、あなたのことは好きよ」

そっと手に触れると、大きな手のひらが握り返してくれる。温かくて血の通った指先は、これまでもずっとユフィを守ってきてくれた優しい手だ。

（ネイトのことを怖がるなんて……私が信じなくてどうするのよ）

浮かれるディエゴを横目に、寄り添った温もりの意味と価値を考える。

（大好きだし、ネイトと結ばれたい。だけど……いいのかしら）

……ただ、今更すぎる不安が、ほんの少しだけユフィの胸の中でくすぶっていた。

＊＊＊

「ということで、ものすっごく遠縁のディエゴだ。騎士団を見学したいというから連れてきたが、空気だとでも思ってくれ」

「初めまして、空気です！　もし何かお困りのことがありましたら、お話しさせていただけると嬉しいです」

太陽が間もなく中天を過ぎる頃。質実剛健を謳《うた》う騎士団の無骨な詰め所では、場違いなほど明るい挨拶の声が響いていた。

空気という蔑称すらも受け入れて頭を下げているのは、宣言通りに契約者を求めてやってきたディエゴである。

ただし、余計なことをしないよう、先ほどの挨拶に至るまではネイトに首根っこを摑まれていた。比喩ではなく、物理的に。

（一応、騎士団の建物に入るだけなら、誰でも大丈夫なんだけど……）

受付口では問題の通報や相談、または荷物の受け渡しなどが日常的に行われているし、訓練場も名前と住所をちゃんと記録すれば、出入りが可能になっている。

だが、人外の者をさらっと入れていいものなのか、ユフィには判断がつけづらいところだ。

……まあ、ネイトが平然と所属しているぐらいなのだから、敵対さえしなければいいのかもしれない。

ちなみに、何故ユフィまでこの場にいるかといえば、ネイトがユフィの同行を要求したからだ。ディエゴのこれまでの行動を知っているユフィの目で見守って欲しかったのか。それとも別の理由があるのかはわからなかったが。

ユフィも提案者として気になったし、元々なんの予定もなかったので、素直に応じて今に至る。

もちろん、ディエゴに押しかけられた時の引きこもり仕様ではない。よそ行き用のケープのついた紺色のワンピースに着替えて、軽く化粧も施してもらってある。

（そういえば、モリーが元に戻ってたわね……）

あの提案の後、応接室を出て支度を頼んだ彼女は、いつも通りのユフィを大切にしてくれる敏腕侍女だった。

ただ、いつの間にかネイトがいたことや、応接室にディエゴを通したことも、本人はうっすらとしか覚えていないらしい。

ディエゴは洗脳ではないと言っていたが、やはり多少は記憶に作用してしまうようだ。もっとも、持続時間の短さからみても、あまり強くない力なのだろう。

（後遺症もないみたいだし、今回のことは一応許すけど）

もし次にモリーや使用人たちに何かしようとしたら、ディエゴのことは『敵』と見なすと本人にも伝えてある。そうならないことを願うばかりだ。

「その容姿、もしかして、ネイトと同じ出身なのか？」

「はい！　かなり下っ端の後輩みたいなものになります！」

さて、突然謎の客人を連れてきたネイトとディエゴはというと、騎士たちに囲まれて色々と話を始めている。意外にも皆がディエゴに好意的なのは、ネイトとよく似た外見という珍しい共通点があるからだと思われる。

（昨日の夜会でも、女の子たちが気にしていたものね）

婚約をしてもネイトの人気ぶりは健在だと痛感したばかりだ。同性でも、ネイトのことをもっと知りたいと思う者は多いらしい。

「あんまりこの辺じゃ見ないよな。どこから来たんだ？」

「＊＊＊という、ここよりも東の国ですよ」

（あ、またただ）

ユフィの聞き取れない国の名をディエゴが口にすると、騎士団の人々はディエゴに対してより友好的になっていく。ユフィの家で、モリーたちが変化したのと同じ現象だ。

「もしかして、あの聞こえない国名がトリガーになってる？」

「ああ、いわゆる呪文だな。あれを口にすることで、ディエゴに対して優しくしたいと思うようになる。低級の呪文だから、俺と契約しているユフィには聞こえないし通じないぞ」

「なるほど。ネイトのおかげだったのね！」

ユフィにだけ聞こえないのは何故かと思えば、耳が悪いのではなく守られていたのか。

夜会でもディエゴが見つめてきたりしたのは、ユフィの魂もさることながら、呪文が通じなかったからなのだろう。

（それで唾をつける、ね。唾どころか、婚約者なんだけど）

知らないところでまた彼に守られていたことに、喜びと温かな気持ちが胸にこみあげる。

ネイトはユフィに本当に優しくて、大事にしてくれる最高の婚約者だ。多少過保護なところは否めないが、それも愛ゆえだと言われれば『しょうがない』と認めてしまうぐらいには、ユフィも彼のことを好きだと思っている。

だからこそ、ディエゴが話した過去のことにひっかかってしまう自分が、ひどく申し訳ない。

（人間だったら絶対に隠しておきたい話だものね。悪魔に常識を求めても仕方ないか）

弱い悪魔の彼は、ネイトが過去に見せた絶対的な力と強さに憧れているのだろうし。ネイトを貶したかったわけではなく、逆に褒め称えた結果の暴露なのだから、こちらも怒るに怒れない。

（それにしても、ネイトが大昔の戦争で国王役をしてたのが本当なら……今はいくつなのかしら）

ネイトが外見をいじれることは出会った時から知っていたが、実年齢は思っているよりもはるかに年上なのかもしれない。それこそ、三桁や四桁といった、人の身では辿りつけない年齢であってもおかしくない。

「……なんだ？」

ちらりと見上げたネイトは若々しく、ハリのある筋肉質な体と大人の男性の色香を併せ持っている。どう多く見積もっても二十代半ば程度にしか見えない彼は、書類上ではいくつだと申請しているのだったか。

「えっと、ネイトは今いくつなのかなって、ちょっと思って」

「……覚えていないな」

「デスヨネ」

そんな予感はしたが、ネイト自身もちょっと気まずそうに答えたので、ひょっとしたら気にしているのかもしれない。

「今の俺は、ユフィよりもいくつか年上に魔力で調整して、一緒に成長しているはずだ。一応、兄としても伴侶としても釣り合うようにしたんだが、ユフィは年の差とか気にする性質か？」

「人間だったら多少は気にしたけど、ネイトぐらいになると想像がつかないかも」

「はは、確かに」

へらりと軽く笑った彼に、心臓が音を立てる。

彼は、ディエゴが言った過去の所業を、否定しなかった。言い訳もせず、ユフィの様子を窺いながら、今接してくれている。……怖がられているという事実を、ちゃんと受け入れて。

（……やっぱり好きだなあ）

ユフィを甘やかしてくれる兄の一面も、守ろうとする保護者の一面も、独占欲の強い男としての一面も。ネイトのことが、しっかりと好きだ。

(後は、悪魔としての一面を受け入れられたら、きっと……)

「おい、ネイト。重役出勤の後は職業体験会か？」

「あ」

ぐるぐると考えていると、施設の奥にある会議室のほうから、真っ白なマントが近づいてくる。

姿がハッキリわかるようになれば、それはプラチナブロンドの髪の男性の形をとった。

「遅くなって申し訳ございません、殿下。ユフィのもとに想定外の来客があったもので」

「来客？　それが彼かい？」

当たり前のように会話を始める二人に、ユフィと騎士団の面々はそれぞれの礼の姿勢をとる。

囲まれていたディエゴは一人きょとんとしているので、現れた白銀の彼……サミュエルが王太子だと知らないようだ。

「詳しい話は奥でお願いしたく。ディエゴ、お前はそいつらに遊んでもらうといい」

「はい、ネイト様！」

契約者を探しているディエゴは、ネイトの指示に快く返事をする。

反対に、ユフィはネイトに腕を引かれると、そのまま『会議室』と書かれた奥の間へと引きずられていった。

＊＊＊

「すまない、待たせたな」

紫檀《したん》製の重厚なテーブルが四角に並べられた室内には、すでに十人ほど人が集まっていた。

席から立って挨拶をする彼らは、ほとんどが夜会で見た豪華な制服の近衛騎士と思しき面々。そして、うち四人がネイトと同じ白い制服を着用している騎士だった。

「あ」

サミュエルたちに促されて入室したユフィは、騎士の一人に見知った顔を見つける。

赤茶色のさっぱりとした短い髪に、優しげな顔立ちの男性は、ユフィが婚活中に迷惑をかけてしまったネイトの同僚だ。

「グレイさん、お久しぶりです」

「やあ、ユーフェミアちゃん。こんなところで会えるとは思わなかった」

小声で挨拶を交わせば、彼も嬉しそうに笑って応えてくれる。だが、ユフィの隣のネイトを見た瞬間、さっと顔色を変えて目を逸らした。

ユフィには何も聞こえなかったが、彼が目を逸らすような表情をしていたのだろう。

「さて、早速だが昨夜の話をしようか。ネイトもユーフェミア嬢もそこに座ってくれ」

「あの、殿下。失礼ですが、私もですか？」

「ああ」

てっきりネイトが勝手に連れてきたのかと思いきや、王太子に出席を促されて、少し戸惑ってしまう。彼は優しく目元を緩めると、幼子に話すように教えてくれた。

「公爵邸襲撃についての話だからな。昨日の今日だから君には休んでもらいたかったが、ここにいてくれるのなら同席して欲しい」

「あっ……かしこまりました」

ネイトはユフィも知るべきだと判断して連れてきたのかもしれない。そういえば、『詳細は騎士団のほうに話しておく』と言っていた気がする。

ユフィたちが席につくと、立っていた騎士たちも全員着席する。続けて、さっと分厚い紙の束をテーブルに広げ出した。

「まず昨夜の襲撃犯たちですが、全員に記憶がありませんでした。特に公爵子息は、ここ数日の記憶が一切なく、何故自分がここにいるのかもわからないとのことです」

ぱらぱらと並べられた紙には、襲撃にかかわった悪魔崇拝者たちの略歴が記されている。

だがよく見ると、『悪魔崇拝者』の肩書きがついているのは半数ほどで、もう半数の者は公爵領の民としての情報しか読み取れなかった。

「これは、隠れて信仰していたということかい？」

「いいえ、本当に悪魔崇拝とは無縁の人間だったようです。私も尋問に参加しましたが、嘘をついているというよりは、質問の内容が理解できていない様子でした。記憶も曖昧なようで」

「では、領地でなんらかの洗脳を受けて、そのまま襲撃してきたということか？」

サミュエルの問いに、騎士たちは皆難しい表情で頷く。

彼らは間違いなく実行犯ではあるが、こうなってくると罪に問うのも悩ましい話だ。

（ネイトも彼らは陽動だって言ってたものね。巻き込まれただけの被害者なのかも）

自白剤を使おうという案もあるようだが、もし洗脳に薬が使われていたら、無関係の人間の健康を阻害することになってしまう。現在は話を聞きつつ、医師の診断待ちとのことだ。

「それから、儀式跡で死亡していた使用人も身元が判明しました。ただ、こちらも妙ですね。元々悪魔崇拝者ではあったようですが、話題作りのためとでも言いますか……熱心な信徒というわけではなかったようです」

「興味本位で悪魔を崇拝されても困るがな……」

「若いうちは、好奇心で動いてしまうこともあるのでしょう。そんな者ですので、儀式を執り行うのは違和感があります。ましてや、命を捨てる覚悟で臨むなど考えられないと、親しい間柄の者の中では疑問視されています」

書類の上にまた重ねられた一枚には、まだ年若い青年の詳細が記載されていた。

夜会の後に出かける約束をしていたような記述もあるので、この青年もまた、自らの意思で儀式にかかわったわけではなさそうだ。

（どう考えても黒幕が別にいて、無関係な人まで巻き込んで動かしてるわよね、これ。悪魔崇拝者は頭のネジが外れてるとは聞くけど、一体なんのためにここまで……）

騎士たちも黒幕について色々と話し始めている。これができるのは誰か、そもそも本当に悪魔崇拝者なのか。

目的は公爵だったのか、それとも、賓客として招かれていた王太子サミュエルなのか……。

「ネイトはどう思う？」

隣の彼の裾をちょんと引っ張ってみれば、ネイトは相変わらず興味のなさそうな顔で彼らを眺めた後、少しだけユフィに視線を向けた。

「……誰かが狙いというよりは、騒動を起こすことそのものが狙いだと思う」

「騒動？」

ユフィが聞き返すと、自然と皆もネイトの話に耳を傾ける。

曰《いわ》く、悪魔崇拝者たちの襲撃を陽動として、ネイトや近衛たちを会場から遠ざけるところまではわかるが、魔物を召喚しても特定の誰かを狙うのは難しいとのことだ。

「魔物は普通の人間にとって脅威だが、知性を持たないアレに特定の人物を殺させるのは不可能だ。十年前のように事故にみせかけて全員殺そうとする方法ならまだしも、あんな大規模な夜会で標的を絞るのは難しすぎる。もし公爵閣下や殿下の暗殺が目的なら、人間の暗殺者も一緒に送り込んでいるはずだ。だが、そういう者はいなかった」

「つまり、魔物を召喚させたのは、とにかく騒動を起こしたかったからか……誰でもいいから沢山殺したかったという動機だということか？」

「俺はそう思います」

「暗殺よりも最悪なんだが」

首肯するネイトに、サミュエルは額を抱えて深くため息をついた。他の騎士たちも皆、同じように困惑している。

「じゃあ、黒幕は公爵家に恨みを持ってる人とか、そういう線は薄いってことなの？」

「否定はできないが、公爵閣下は息子が邪教にのめり込んでいた事実があるから、そこを利用されただけだと思うぞ。高位貴族は影響力が高いし、現に暗殺や閣下への怨恨の線を調べているだろう？実際にはまったく関係ないやつが黒幕で、調査の間に逃げているかもな」

ネイトの口調は興味がなさそうな冷めたものだが、言われた騎士たちはハッとした様子で顔を見合わせている。

本当に無差別殺人が狙いなら、怨恨の線で調べても真犯人はまずひっかからないからだ。

「これは悪魔崇拝者からの宣戦布告と捉えるべきか……本当に厄介だな」

サミュエルは忌々しげに吐き捨てるが、その目には強い意思が宿っている。

それだけでなく、部外者のユフィから見ても、実際に対処にあたる騎士たちよりやる気があるよらを見てくる。


うに感じられた。

「あの、殿下……質問をお許しいただけますか？」

「ん、何かなユーフェミア嬢」

「今回の件について、殿下が御自ら指揮をとっていらっしゃるのが、少し不思議で」

ユフィが密かに気になっていたことを訊ねると、騎士たちもなんとも言えない複雑な表情でこちらを見てくる。

普通に考えれば、王族は一番安全な場所にいるべきだ。特にサミュエルは、昨日騒動のあった夜会に参加していたのだし、彼の命が狙われていた可能性もある。

にもかかわらず、彼がわざわざ騎士団へ出向いて話をしているのが、不思議でならない。調査報告も王城で待っていれば届くはずだ。

（殿下が出たがりなんて話も聞いたことないし、騎士団に任せてもいいと思うんだけど）

おどおどしつつ返答を待っていると、サミュエルはにこりと柔らかな笑みを浮かべた。

「私本人が動いているのは、悪魔崇拝文化を根絶し、法的に禁止したいからだよ」

「え」

表情の割には重い声が聞こえて、ユフィは目を瞬く。

この国では、宗教や信仰は自由だ。しかしサミュエルは、唯一の例外として悪魔崇拝を禁止したいらしい。

「何かを変えるには、王族本人が動いたほうが都合がよくてね。だから、今回の件も実際にかかわらせてもらっているんだよ」

ちなみに、召喚儀式そのものは、すでに危険な行為として禁じられているそうだ。もし準備段階で発見できれば、当然犯罪者として捕縛対象となる。

……残念ながら発見される大半は、召喚が終わった後の痕跡ばかりだそうだが。

「殿下は、邪教を憎んでいらっしゃるのですね」

「悪魔は見たことがないから知らないけれど、彼らは魔物を呼び寄せるからな。国の平穏を守りたいと考えるなら、何故今まで禁止されていなかったのか謎だよ」

「それは確かに……」

禁止されていなかった理由は恐らく、人の思考を縛ろうとすると問題が起きるから、だろう。それにしても、明らかに怪しいものは禁止しても問題ないと思われる。

(それに、禁止はされてなくても、公爵家のご子息みたいに世間体的な意味で隠蔽されることもあるんだし。だったらいっそ、きちんと禁止したほうがいい気がするわよ)

本物の悪魔はルールを遵守する素晴らしい男だというのに、崇める側は変な人ばかりで困る。

もっとも、もしネイトが悪魔だと知られてしまったら、崇拝者が別の意味で増えそうなので、それも困ってしまうのだが。

「殿下がアレを禁止したい最大の理由は、ジュディス嬢が魔物に対してトラウマを持ってしまっているからだな」

「あ、なるほど……」

呆れたように耳打ちしてくれたネイトに、ユフィも納得する。

彼の婚約者のジュディスは、二回も魔物によって殺されかけたのだ。それも、街の外で遭遇してしまったのではなく、二回とも悪魔崇拝者が意図的に呼び出した魔物だ。

サミュエルが悪魔崇拝者を恨んでも、まあ当然だろう。

「聞こえているぞ、ネイト。その通りだから否定しないがな。私のジュディスの平穏を乱す輩をどうにかしたいと思うのは、夫として当然だ」

こそこそ話していたユフィたちに、サミュエルは憚《はばか》ることもなく肯定を返す。口元は弧を描き、いっそ誇らしげだ。

「まだ婚約者でしょう」

「王族の婚約が、そう簡単に覆るとでも思うか？　だいたい、婚約を公表するまでにも十年待ったんだぞ。やっとジュディスが私のものになったのに、悪魔崇拝だの魔物召喚だのと、そんな暴挙許せるものか」

怒りをあらわにするサミュエルに、珍しくネイトのほうが引き気味になっている。彼もネイト同様に、自分の愛する者のためなら無理を押しとおす性質のようだ。

（そういえば、殿下とジュディス様は、婚約自体は十年前には決まっていたのよね）

高位貴族たちのごたごたを避けるために公表を控えていたとユフィも聞いたが、サミュエルの心はずっとジュディスを想っていたのだ。

（昨日も騒動が起こる前に避難させたと言っていたものね。安全対策として考えても当然だけど、ジュディス様のことを想っての行動なら、素敵だわ）

王族も貴族も、結婚は基本的に家のためにするもので、ジュディスが王太子妃に選ばれたのも、ファルコナー侯爵家を王家に引き入れるためだと言われている。

しかし、本人たちに愛情があるのなら、実に素晴らしい。恋愛小説を好むユフィにとって、想い合ってする結婚こそが理想なのだ。

きっと彼らは、幸せな家庭を築き、次代の国をよりよくしてくれるだろう。

（今の事態は喜べないけど、王太子殿下が妻への愛を示してくださるのはいい傾向よね。これで王族の中でも恋愛結婚がもっと増えたらいいな）

ユフィがほっこりしている間にも、騎士たちは色々と話し合いながら今後の動き方を決めているようだ。

もし本当に無差別殺人なら、この騒動はきっと一件では終わらない。人が集まる予定の場所を挙げては、人員の手配などの話を進めている。

そんな中、最高戦力であるネイトは、依然興味がなさそうに座ったままだ。

「えっと、ネイトは話し合いに加わらなくていいの？」

「指示された仕事は全うするが、自ら進んで加わりたくはない。やる気を見せたら、拘束時間が長い仕事を押しつけられそうだからな」

「あなた、王太子殿下の前でその態度はどうなの……」

一応小さめの声で話したが、聞こえていた者たちは顔を青くしている。

それでもネイトは意にも介さず、テーブルの下でユフィの手をきゅっと握ってきた。

「悪魔崇拝者の動きが活発になって、魔物が召喚される可能性が高まるなら、俺はなおさらユフィから離れたくない。できれば二十四時間、離れずにいたいな」

「何をおばかなことを……」

騎士の立場で、それはどう考えても無理だろう。特にネイトは、実力の高さゆえに引く手数多であるし、まず叶わぬ願いだ。

……だが、ネイトの表情は意外にも、真剣そのものだった。

（あれ？　冗談じゃないの？）

聞き返そうとしたが、それよりも早くネイトが立ち上がる。ユフィの手は掴んだままだ。

「少し席を外します。グレイ、俺の分も話を聞いておいてくれ」

「おい、ネイト⁉」

引き止める声を置き去りに、ユフィの手を引いた彼はすたすたと会議室を出ていってしまう。

その足で、廊下の中ほどにある扉から外に出る。ベンチが置いてあるだけの、庭と呼ぶには小さなそこは、会議で疲れた頭を休ませるための簡易休憩所のようだ。騎士たちの訓練の声が、そう遠くない場所から聞こえてくる。

「ネイト、急に出てきていいの？」

「ユフィは自覚が薄いようだから、ちゃんと話しておきたい。座ってくれ」

ネイトはさっとハンカチを敷くと、その上にユフィを座らせて、自分も隣にかけた。

気だるげだった先ほどとは違い、ひどく硬い空気が漂っている。

「自覚って……？」

少し怖いと感じつつ訊ねると、ネイトは重々しく頷く。

そして、ユフィの頬にそっと手を添えて、顔を逸らせないように向きを固定させた。

「いいか、ユフィ。魔物が街の中に召喚されたら、真っ先に狙われるのはジュディス嬢じゃない。お前だ。同じ建物や近くにいなくても、確実にやつらはお前のもとへ向かうぞ」

「そ、そんなに⁉」

続けて告げられたことに、悲鳴めいた声が出てしまう。

昨日は同じ会場にいたし、先の森での召喚に巻き込まれた時も、ユフィが近づいてしまったから狙われたのだと思っていた。

「なり損ないどもの感知範囲は、お前が思っているよりも広い。街の外にいる個体だって、恐らくお前の魂に気づいているぞ。外壁を越えられないから入ってこないだけだ」

「そう、なんだ……」

思っていた以上に自分が危険だと知って、鳥肌が体じゅうに広がっていく。

ユフィの魂がご馳走だとは聞いたが、そんな垂涎《すいぜん》ものの価値があるとは考えたくなかった。

「無論、俺が傍にいればあんなものなんでもないし、やつらも近づいてこないだろうが……今回のような騒動に駆り出されると、お前のもとに戻るのが遅くなる。ヒトのふりをして動いたら、間に合わなくなるかもしれない」

「それは私も怖いけど……あっ、王太子殿下に、私の魂について話すわけにはいかないの？」

「伝えたくないな。あの男は、お前を囮にすると言い出しかねない」

「囮……」

さすがにそれは、ユフィも遠慮したいところだ。

サミュエルといえば、本当に『王子様』の称号が似合う穏やかな人物だと思っていたのだが、為政者として冷酷な部分も備えているらしい。

（まあ、魔物に確実に襲われるとわかってるなら、利用したくなるわよね）

しかもユフィは、魔物の接近を探知できる体質でもある。囮として使うには申し分ない。

「お前との婚姻に支障がないように動くつもりではいるが、お前を危険な目に遭わせるのなら本末転倒だ。最悪の場合、騎士を辞めることも考えている。……許してくれるか？」

「どうして私の許可が必要なの？　ネイトが辛いと思うことを無理強いするつもりはないわ」

ネイトのような強い男が国を守る騎士でいることは、もちろん国民にとって喜ばしいことだ。だが、ユフィもネイトも別に国防の責任者でもない。職業なんて、法に触れない限りは好きに決めればいいはずだ。

しかしネイトは、『その一点が気がかりだ』と言わんばかりに、恐る恐るユフィを横目でみやりながら、その許可を訊ねてくる。

「……お前は、俺がこの制服を着ているのが好きだろう？」

「それはまあ、好きだけど。そんなことでネイトを職に縛るつもりはないわよ」

「そう、なのか？」

まさかと思ったが、彼はそれを本気で気にしていたようだ。

はーっと長く息を吐き、心から安堵した様子で胸を撫で下ろしている。

「え、嘘でしょ？　まさか本当に、そのために騎士になったっていうの？」

「そうだが？　ユフィが『格好いい』と言ったんじゃないか」

当たり前のように答えるネイトに、言葉を失ってしまう。

確かに、ネイトが騎士になると言ったのは、いささか急なことだった。そして、ユフィと長年付き合いのある幼馴染みも、ネイトが今口にしたこととまったく同じことを言っていた。

ユフィが領地に視察に来ていた騎士を褒めたから、ネイトも騎士になったのだと。あの純白の制服を、『格好いい。ネイトに似合う』と評価したからだと。

「そんな理由で騎士になる人、あなたぐらいよ……」

「そうだろうな。俺の全ては、お前が望むからだ。ユフィが喜んでくれるならそうあり続けるし、ユフィがいらないのなら、騎士職に一切の未練はない」

騎士を志す少年少女には申し訳ないことを断言するネイトに、つい笑ってしまう。

崇拝者たちが問題を起こしている中、本物の悪魔は一途で愛しいばかりだ。

(参ったわ……こんなに可愛いことをされたら、もう怖いなんて思えないわよ)

一体どこの世界に、婚約者に気に入ってもらうために騎士になる悪魔がいるのか。それらしくふるまうことはもちろん、制服すらも気にして、相手の反応に一喜一憂するなんて。

こんなに頑張ってくれるヒトは、人間にだってきっといない。

「本当にもう……ネイトは何を着ても似合うし、素敵よ」

「そうか？　……もしかして、騎士制服には飽きていたのか？」

「そんなわけないでしょう！　あ、でも、すぐに辞めるのは待ってあげて欲しいわ。あなたがいることで救われる人もいると思うし、仕事なら引継ぎもあるだろうし」

「俺はユフィ以外はどうでもいいんだが……わかった。頑張ろう。ここで変なことをして結婚できなくなったら、何年も我慢したことが無駄になるからな」

言動がいちいち可愛い男にユフィは再び笑いをこぼしながら、そっと手を繋ぐ。

途端に彼は頰を緩めて握り返してくるから、たまらない気持ちになる。

（しかも、他の何を差し置いても、私との結婚を重要視してくれるなんてね）

過保護が酷くて泣きたくなった夜も数多くあったけれど、やはり素晴らしい婚約者だ。

「……本当は、なり損ないどもを皆殺しにできたらいいんだけどな」

ふいに、ぽつりと落ちた彼の声に、ユフィは目を瞬く。

「魔物を？　そんなこと、できるの？」

「できるが、しない。アレが存在するからこそ、ヒト同士の戦いを避けられている部分があるからな。必要悪というやつだ。屋敷で話していた……アドラス戦役だったか。あの戦争をしていた当時は、なり損ないどもがほとんどいなかった。共通の敵がいないと、ヒトはすぐに同種で殺し合いを始める」

「…………」

痛ましい出来事を語るようなネイトの様子に、ユフィも口を閉ざす。

ディエゴはさも素晴らしいことのように言っていたが、ネイトは決して自らが望んで戦争や殺戮を行ったわけではなさそうだ。

（そういう契約だったから、叶えたって感じかしらね。今の彼を知っていればわかるけど、悪魔だからといって恐ろしいことを歓迎するような人じゃないんだわ）

召喚に応じた時点で、願いを叶える〝義務〟が発生するとも言っていた。彼にとって過去の諸々は、やらなければならない仕事だったのだろう。

「ユフィ？　……悪い、また怖がらせてしまったか？」

「ううん、大丈夫。『悪魔』じゃなくて、ネイトの考えが知れて嬉しいわ」

一瞬で不安げな表情になったネイトに、ユフィはなるべく明るく笑って返す。

今ここにいる彼は、願いのために召喚されたわけではない。ユフィのもとに、自ら望んで来てくれたのだ。

殺されかけたユフィを救い、ユフィの傍にいるために〝きれいなおにいちゃん〟としてヒトの世のルールを守ってくれている。

なんて健気で、可愛い人なのか。

（ディエゴさんが言っていた、強力で残忍な悪魔像とは結びつかない。むしろ、あの人こそ、ネイトを歪んだ価値観で見てるんじゃないかしらね）

呆れとも苛立ちともつかぬ感情を覚えながら、ぽすんとネイトの肩に頭を預ける。彼はわずかに震えた後、そっとユフィの頭にすり寄ってきた。

「……俺が、怖くないか？　嫌いになったり、しないか？」

「絶対にしないわ。もう怖くない。大好きよ、ネイト」

「……よかった」

ぱさ、と軽い音を立てて、二人の髪が交ざり合う。

王太子に意見をする時でもまったく遠慮しないくせに、ユフィの一挙手一投足にふり回される彼に、甘い気持ちが溢れそうになる。

握っていただけの手に指を絡めれば、ネイトも嬉しそうに応えてくれた。

「……きれいでいるのは、やっぱり難しいな」

「そう？　あなたは誰よりも、きれいで格好いいわよ？」

「そう見えているなら嬉しいが、つい力で解決しそうになる。悪魔崇拝者の件も、なり損ないどものことも……こうやってユフィに触れていると、もっともっと欲しくなることも」

ネイトの手が、手のひらをこすりつけるようにゆっくりと揺れる。絡んだままの指先と、もっと広く触れる熱に、ユフィの心臓が大きく跳ねた。

（手のひらが触れてるだけなのに……）

「俺はお前に相応しい男でいたいのに、もどかしい」

まるでマーキングでもしているように、ネイトの手は何度も何度もすり合わせては強く握り返してくる。本人の声は落ち着いているので、無意識なのかもしれない。

「べ、別に、〝きれいなおにいちゃん〟であり続けなくてもいいでしょう。私だって、清廉潔白とは言い切れないし。事件の解決のためには、多少力ずくで進めるところも必要だと思うし」

「……ユフィは、嫌わないでくれるか？」

「もう、さっきからそう言ってるわよ。えい」

触れたままの頭から、ぐりっと鈍い音がする。ネイトは怖くない。ただ大好きな婚約者だ。

「……ふふ」

示し合わせたように、互いの唇から笑い声がこぼれる。彼となら、絶対に大丈夫。敵が悪魔崇拝者でも、魔物でも、別の悪魔でも。分かたれてなどやるものか。

この可愛い悪魔は、ユフィの伴侶となる人なのだから。

「おーい、ネイト」

そんな、ちょうど話が一区切りしたタイミングで、廊下のほうから声がかかる。

揃ってそちらを見れば、やや疲れた様子のグレイがこちらに手をふっていた。

「だいたいの話し合い終わったぞ。はい、これ。ネイトに割りふられた仕事な。危険な場所が多い分、拘束時間は少なめだぞ」

「ずいぶん早かったたな」

「誰かさんが無差別狙いだって嫌な予想をしてくれたからな。話し合いしてるヒマがあるなら、行動しないと危ういってことになったんだよ」

殿下もお帰りになったと言っているので、本当に会議は終了したようだ。最高戦力のネイトがほとんど参加しなかったのは、ユフィとしても少し申し訳ない。

「……あ、そうだ。グレイさん、質問いいですか？」

ふと思い出して、ユフィは小さく挙手をする。きょとんとしたグレイに促されると、一度ネイトにも目配せをしてから問いかけた。

「現場の調査が進んでいると思うんですが、公爵閣下は何か言っていらっしゃいませんでしたか？　その、人がいなくなったーとか」

「いや、特には聞いていないよ。閣下が一番疲れているだろうに、俺たちの調査にも協力的だからとても助かってる。何かあったのかい？」

「いえ、なんともないならいいんです」

グレイは不思議そうだが、曖昧に笑って誤魔化しておく。

昨日は賓客扱いされていた男が、今日は存在すら忘れられていますとはさすがに言えない。ディエゴは人間じゃありませんと宣言するようなものだ。

どうやら本当に、例の呪文とやらの効果は短いらしい。

(でも短時間とはいえ、公爵家に潜り込めるのはすごいわね。決して褒められたことじゃないけど、便利そうではあるわ)

後に忘れられてしまうとしたら、事後処理も楽そうだ。恐らく、普通に生活する分には必要ないどころか、あったら困りそうな能力だけれど。

一人で納得しているユフィを見て、ネイトは少し考え込んだ後に、そっと耳打ちしてきた。

「……ユフィ。一応、あの弱い悪魔にも気をつけてくれ。俺が傍にいない時は、極力会わないようにして欲しい」

「私だって、婚約者以外の男の人に会いたくもないわ。でも、念のため理由も教えて？」

「あいつは言動がどうにも怪しい。召喚儀式でこちらに渡ってくる際、知性のないなり損ないどもが生贄を食い尽くすのはわかるが、悪魔はそんなことはしない。なのに、やつは〝生贄が足りなかったせいで、術者が死んでいた〟と言っていた」

「あ……」

曰く、生贄を消費するのはこちらに現界する直前らしい。

異界から渡ってくるために消耗したエネルギーを補塡するのが理由だが、悪魔ならそんながっつくような事態にはならないそうだ。

(確かに、ネイトは生贄になるはずだった私を助けてくれたもの。生贄で補塡しなくても動けるのだとしたら、術者が死んでいるのはおかしいわ)

儀式で消費される順番は、術者よりも当然生贄のほうが先だ。

何より、今のディエゴのような困った事態になるのがわかっていて、契約者候補筆頭である術者をみすみす死なせるのはおかしい。

「あんな雑魚に大それたことができるとは思わないが、もしかしたらディエゴが別のものと一緒に召喚された可能性もある。魔物なら片付ければいいが、他にも悪魔がいたら厄介だ」

「それは確かに……」

そもそもの話、ディエゴが野心家と契約を結んで願いを叶えたら、それもまた問題になりそうだ。

ネイトの恐ろしい過去を尊敬していた様子なので、可能性は否定しきれない。

早くいなくなって欲しい気持ちから契約者探しを手伝うようなことを言ってしまったが、人の世に危害を加えない願いを、と釘を刺すべきだった。

「なるべく俺が監視するつもりだが、弱すぎて見失うこともあるかもしれない。ユフィもどうか気をつけてくれ」

「……わかったわ」

「おーい、堂々と内緒話？」

ちょうど話し終わったところで、グレイの拗ねた声にネイトが応える。

他の騎士たちから連絡もないので、きっとディエゴはまだ訓練場で構ってもらっているのだろう。

（不安なことも多いけど、私はとにかく安全第一でいよう）

ユフィの魂とやらが、変なものを呼び寄せたらたまったものじゃない。ディエゴのことは騎士たちとネイトに任せて、ユフィは屋敷に帰ることになった。

＊　＊　＊

それからも警戒を続けていたユフィだったが、夜会襲撃から一週間ほど経っても、ユフィが狙われたりする事件は起こらなかった。

ネイトも笑ってしまうほど頻繁に伯爵家へ帰ってきたので、その警戒の甲斐あってなのかもしれない。もっとも、父伯爵をはじめファルコナー侯爵家の人々にまで『もはや通い婚だ』と笑われてしまっていたが。

ただ残念ながら、悪魔崇拝者たちの動きは依然止まっておらず、ネイトをはじめ騎士たちは忙しい日々を続けているようだ。

それでも最近は、痕跡しか見つけられなかった召喚儀式を事前に取り締まることに成功し始めているらしい。

召喚を未然に防ぐことで、魔物による被害が出ないのはもちろん、生贄にされるはずだった動物も、死ぬ可能性がある術者本人の命も救うことができる。

(捕らえた人々の言動の危うさから、悪魔崇拝そのものを禁止して欲しいという意見も増えてきているらしいし、王太子殿下の行動もそろそろ実を結びそうね)

宗教や思想に切り込むことは難しいが、教えが他者の安全を害するものなら、皆も受け入れてくれるだろう。ユフィとしては、一刻も早く事態が落ち着くことを願うばかりだ。

……そんな風に、一応穏やかに暮らしていたある日、その男は再びやってきた。

「こ、こんにちは。ユーフェミアさん」

「ディエゴさん……うちに何か？」

相変わらず、この国ではあまり見ない装いに身を包んだ男は、へらりと覇気のない笑みを浮かべてユフィを見つめてくる。

そんな彼の首根っこを、いつかのように後ろから掴んでいるのは、彼と同じ異国風容姿の悪魔であるネイトだ。

平均的な成人男性の体格をしたディエゴを片手で掴み上げているあたりが、驚きを通り越していっそシュールですらある。

それはもう、エントランスに迎えられた二人の姿を見た瞬間、思わず自室へ戻ろうとしてしまった程度には。

「ネイト、一体どうしたの、これ」

「どうもこうも、俺の仕事だよ。こいつがおかしなことをしないよう、見張っている」

「ネイト様、僕は一人で歩けますよ……」

邪魔にならないよう手足を折りたたんだディエゴは、涙に濡れた瞳でネイトを窺っているが、ネイトはまったく見向きもしない。ただ忌々しげに、舌を打つだけだ。

「仕事って、騎士団の？　ディエゴさんの運搬が？」

「監視だ」

ネイトが言うには、ディエゴを放っておくと他の騎士たちの邪魔をするため、こうして動きを抑えているらしい。なんでも、最初に騎士団に連れていった日以降、日がな一日ずっと施設に入り浸っているのだとか。

（そろそろ一週間ぐらい経つと思うけど……）

入り浸っているということは、まだ契約は結べていないのだろう。

例の呪文がある限り、彼が邪険にされることもないとは思うが、それが逆に仕事の邪魔になっているそうだ。

「でも、それでなんで私のところに？」

こう言っては冷たいと思われそうだが、ユフィのところに連れてこられても困る。

すでにネイトと契約を結んでいるユフィは、ディエゴの契約主にはなりえないからだ。

ネイトが仕事帰りにそのまま立ち寄っただけなら、早く彼を持ち帰って欲しいのだが……しかし彼の口から出たのは、意外な返答だった。

「調査の一環で、これから夜会に出ることになったんだ」

「夜会？」

こくり、と頷くネイトの顔には、すでに悪感情は浮かんでいない。ユフィに向けられるのは、気遣うような優しげな視線だ。

「以前にお前も参加したことがあるだろう？　貴族の邸宅ではなく、公共ホールを使用した集いだ。覚えていないか？」

「ああ！　もちろん覚えてるわ」

ぽんと手を合わせれば、ネイトも安堵したように息をつく。

公共ホールでの夜会は、ある程度立場が証明できれば誰でも参加することができる催しだ。

招待状を送ってくれる相手がいない新興の家や、貴族ではない商人などが集まる出会いの場として喜ばれている。夜会と呼ぶよりは、商談会のほうが印象が近いかもしれない。

婚活に明け暮れていた頃のユフィも、素敵な男性との出会いを求めて参加したことがある。残念ながら、早々にこの婚約者に見つかって、出会いの『で』の字もなかったが。

「久々に夜会が開かれるというから、俺も含めた騎士が何人か見回りに行くことになったんだ。……こいつも、興味があるというから、監視つきで参加することになっている」

「なるほど。それで運搬中……」

親猫に運ばれる子猫を再現しているディエゴは、きゅんきゅんと悲しそうに鳴きながらユフィに助けを求めている。

(でも、ディエゴさんの契約者を探すなら、夜会はいいかもね)

夜会とは元々欲望が集まる場所だ。願いを持った人間を探しているディエゴには、ちょうどいい。運び方はともかくとして、ディエゴを帰らせるためには協力してもよさそうだ。

「ユフィも、例の夜会以降ずっと引きこもり生活だろう？　今夜なら俺も傍にいられるし、気分転換にいいかと思ったんだが」

「ネイト……」

てっきり行ってくるという報告かと思いきや、ユフィへのお誘いだったようだ。

完全な解決に至っていない以上、もちろん軽率な行動はできないものの、ネイトが自分を気遣ってくれることは素直に嬉しい。

「父上には、俺が同伴するならという条件つきで許可はもらってある。どうする？」

「そうね、せっかくのお誘いだし。ぜひお願いしようかしら」

ユフィが承諾すると、鋭い美貌がふわりと解けた。

幸い今日は、人に会う予定も習い事もない。今から準備を始めてもらえば間に合うはずだ。

背後に控えるモリーを窺うと、ユフィが了承を返した時点ですでに動き始めている。相変わらず、実に有能な侍女である。

「ネイトは見回りも兼ねているなら制服よね？　ディエゴさんはそのままで大丈夫？」

「問題ないだろう。この国ではあまり見ない装いだから、このほうが人目も惹く」

「ネイト様がそうおっしゃるなら！」

答えるディエゴも異論はなさそうだ。真っ白な装いは、雑な扱いをされているにもかかわらず、汚れ一つなく明かりを反射している。

(この人、いつも似たような服を着てるけど、一週間着たきり……というわけではないわよね、多分。生地も清潔に見えるし、大丈夫よね)

一応気にして見ていると、ディエゴは勘違いしたのか『任せてくれ』と両手に拳を作ってみせてくる。そんなに悪い者ではないと思うのだが、どうにも三下感が拭えない悪魔だ。

とにもかくにも、急遽入った外出の予定だ。ついつい弾んでしまう胸を撫で下ろしながら、ユフィも準備に向けて動き始めた。


「お待たせしました、お嬢様。できましたよ」

「ありがとう、モリー」

ネイトたちが屋敷を訪れてから早数時間。

レモン色のドレスを着付けられたユフィは、姿見に映る全身をくまなく確かめてから、満足の頷きを返した。

さすがは長い間ユフィの専属を務めてくれているだけあり、急な支度にも完璧な結果をもって応えてくれている。つくづく、一伯爵令嬢につけておくには惜しい人材だ。

「本当はもっと華やかな支度をしたいところですが、あまり目立ってしまいますと、求婚者が湧いて出てきてしまいますからね……」

「それはないと思うけど。でも、あんまり派手だと兄さんの仕事の邪魔になってしまうから、ちょうどいいと思うわ。ありがとう！」

今日着付けてもらったドレスは、淡い色もさることながら、年若いユフィが着るには露出も装飾もかなり控えめだ。

シンプルなラインに添うようにレースが縫いつけられており、胸の真ん中で咲く布の薔薇《ばら》だけが唯一の飾りとして存在を主張している。

（こういうドレスは、本当は〝素材〟が優れた方が着るものなんだけどね）

例えば、ネイトと義兄妹となったジュディスのような着飾る必要のない美人には、こうした大人しいドレスがよく似合う。

ユフィは容姿もほどほどの上に肌が白くて色素も薄いので、ドレスが地味だと埋もれてしまう。もっとリボンやフリルをふんだんに使ったデザインのほうが、目立つにはいいはずだ。

ただ、今日の目的は、目立つことでも新しい出会いでもない。ネイトの傍で控えているのなら、これぐらいが最適である。

主人の魅力を引き出すだけでなく、ちゃんと時と状況を考えてくれるモリーは、今回も大正解の選択をしてくれたというわけだ。

「ネイト、ディエゴさん。お待たせしました」

モリーを連れて彼らが待っている応接室へ向かうと、テーブルにはすっかり空になった酒瓶と、ツマミが載っていたのだろう空き皿がいくつも重ねられていた。

「準備お疲れ様だな。……きれいだよ、ユフィ」

「あ、ありがとう。それでえっと……酒盛りしてたの？」

「まあ、少しだけ」

そう言って四角いグラスを口に運ぶネイトは、お茶でも飲んでいるかのようにいつもとまったく変わらない。

……しかし、向かいのソファに座っているディエゴは、頬を赤く染めてふにゃふにゃとよくわからないことを呟いている。姿勢もだらけていて、誰が見ても酔っ払いだ。

「これから夜会へ向かうのに、なんでお酒なんて」

「こいつがあんまりにもウジウジしていて鬱陶しいから、景気づけだ。まさか、この程度の酒で酔うとは思わなかったが」

ひょいと摑まれた空き瓶には、それなりの度数の銘柄が刻まれているが、そもそも彼らは悪魔だ。人間の作ったアルコールで酔うこと自体、ネイトには信じられないことだったようだ。

(この人、本当に弱い悪魔なのね……)

ネイトと比べてしまうと、もはや少しだけ力のある人間といってもいいぐらいだ。この調子で契約者など見つけられるのだろうか。

(公爵家の夜会では、婚活中の女性たちの視線にすら負けてたものね……)

獲物を狙う狩人と化した彼女たちが恐ろしいのはわからなくもないが、そんなものに押されているようでは、契約など夢のまた夢だ。

そう考えると、酔っぱらっているぐらいでいいのかもしれない。

「あ、ユーフェミアさんだ……準備できたんですね」

「はい、お待たせしました。動けますか？」

「いざとなったら、また俺が持っていけばいい」

意外にも話し口調は乱れていないディエゴは、へらっと笑うとソファから立ち上がった。足取りもふらついてはいないので、このままなら普通に夜会に参加できるだろう。

「ネイト様がご一緒なので、大丈夫だとは思いますが……」

「心配させてごめんなさい、モリー。ちょっとだけ行ってくるわね」

明らかに不安な表情を見せるモリーと使用人たちに手をふり、ユフィとネイト、ディエゴは足早に屋敷を出ていく。移動手段はいつも通り、乗り慣れたセルウィン伯爵家の馬車だ。

「ディエゴさん大丈夫ですか？　正直、ここで吐かれたりしても困るんですが」

「だ、大丈夫ですよ！　ちょっとフワフワしていますが、さすがに人間のように酔っぱらったりは僕もしませんので……多分」

「多分」

念のため、ディエゴは馬車酔いしにくいと言われている奥の席に座らせて、ユフィとネイトが御者席側に座っている。いつもと逆なせいでネイトはやや不服そうだが、夜会に着く前にディエゴに倒れられるよりはずっといい。

ほどなくして、馬車は久しぶりに訪れる公共ホールへと辿りついた。

夜闇を煌々と照らす明かりの数も多く、今夜も盛況であることが窺える。

公爵家での夜会と比べて馬車の列が短いのは、自家のものではなく乗り合い馬車を使ったりして参加している者が多いからだ。

（やっぱり貴族だけが集まる会とは、雰囲気が違うわよね）

作法や上品さを重んじる貴族社会と違い、招待状不要のこの場は溌剌《はつらつ》とした若者たちの熱気に溢れている。やはり、商談会と呼んだほうが合いそうだ。

「ネイト、ディエゴ君……とユーフェミアちゃんもか。こんばんは」

ネイトに手を引かれて馬車から降りると、入口すぐの場所で見知った顔が手をふっている。

純白の騎士制服をまとうのは、そろそろ交流も長くなってきた、ネイトの同僚のグレイだ。

「こんばんは、グレイさん。ネイトと一緒に見回りなんですね」

「まあね。こう見えて、俺も結構できる騎士なんだよ」

ニカッと人好きのする笑顔を浮かべる彼に、周囲の空気もほんわかと和む。

騎士が会場にいるといったら身構える者もいるが、彼のような親しみやすい人物がいてくれるなら、むしろ安心して夜を楽しめそうだ。

「最近は悪魔崇拝者たちの動きが活発なせいで、夜会も減っていたからな。今夜は人も多いし、気は抜くなよグレイ」

「ちゃっかり婚約者を連れてきたお前には言われたくないぞ」

早々に釘を刺すネイトに、グレイはつんと唇を尖らせて返す。

その動作こそどこか愛らしいが、彼の視線はちゃんと出入りしている参加者たちを追っている。

サミュエルが集めた会議にも同席していたし、グレイは本当に意外とできる騎士のようだ。

「すみません、グレイさん。なるべくお邪魔にならないように、大人しくしていますので」

「ああ、君はあんまり気にしなくていいよ。引きこもってばかりだと、心が参っちゃうだろうしね。俺もネイトもしっかり目を光らせておくから、それなりに楽しんで」

「はい、ありがとうございます」

裾を摑んで礼をすれば、彼も慣れた動きで略式の敬礼を返してくれる。

周囲で見ていた人々も、ユフィたちのやりとりと、どうしても目立ってしまう最強騎士ネイトの姿を捉えて、安心した様子で会場内へと入っていった。

「……あれ?」

ネイトにエスコートされ、反対側にグレイを連れたユフィは、いくらか歩いてからようやく気づく。——ディエゴがいない。

「ネイト、ディエゴさんがいなくなってるんだけど!?」

「ん？　あいつなら、とっくに先へ進んだぞ」

「いつの間に!?」

慌てたユフィを宥めるように、ネイトの紫眼がすいっと斜めに動く。

その先を追えば、にこにこしたディエゴが女性たちに囲まれている姿が飛び込んできた。

「もしかしてあなた、ネイト様の……？」

「そうなんですよ。同郷出身の後輩でーえへへ」

（いや、何してるの、あの人）

着飾った女性にちやほやされて、まんざらでもなさそうだ。そういえば、彼は見た目だけならそれほど悪くない。

ついでに、有名すぎる騎士ネイトと同じ異国風の容姿だ。ディエゴ本人もさることながら、ネイトとの繋がりを求めて近づきたい者も多いだろう。

（公爵家の夜会ではビクビクしてたけど、今夜はお酒の力もあって楽しそうね）

急に酒盛りなんて何事かと思いきや、結果的にはこれで合っていたようだ。

ネイトはちやほやされて喜ぶ男ではないので、悪魔がこういう場を楽しんでいる姿が見られるのは、とても新鮮な光景でもある。

うまく話ができるなら、ディエゴの契約者探しも進展するかもしれない。

（……悪魔らしさはまったくないけどね）

どうにも下っ端っぽいと表現すべきか、ディエゴには悪魔らしい恐ろしさや、ネイトが持つ妖艶な魅力なども感じられない。

ユフィにはもう関係のない話だが、彼に自分の魂を預けるのは、少しばかり不安になりそうだ。

「ディエゴ君も楽しんでいるみたいで何よりだ！　それにしても、まさかネイトとユーフェミアちゃんが婚約関係になるとは思わなかったな」

ぼんやりとディエゴの様子を眺めていると、グレイが笑いながら話題をふってくれる。

彼は確か、ネイトがあまりにも過保護に扱うせいで、妹を幼女だと思っていたのだ。

その相手が年頃の娘だった上に、突然の婚約。さらに、ネイト本人は別の貴族の養子になりましたなんて情報がまとめてもたらされたら、先に交流があったグレイ本人はまだしも、騎士団側は大変だったことだろう。

「ご迷惑をおかけしてしまったなら、本当にすみません」

「俺は驚いただけだから気にしないで。ただ、書面関係の手続きや訂正が少し滞っていてね。婿入りまでの期間が短いと踏んで、家名はセルウィン伯爵家のままになってるから、できればネイトと婚約解消はしないで欲しいかな」

「しませんよ!?」

婚約解消なんて、考えるだけでぞっとしない。

ネイトの顔を見れば、彼も『当たり前だ』と言わんばかりの鋭い目でグレイを睨んでいる。

「だろうな。ネイトが選んだお相手なら、きっと死んでも離れないと俺たちも思ってるよ。ずっと話に聞いてきた、目に入れても痛くない大事な妹さんでもあるんだしな」

「そんなこと言ってたの、ネイト……」

「まあ、君たちには幸せになって欲しいって話だから。あんまり難しく考えないでくれよ」

苦笑を浮かべながら、グレイは誤魔化すようにそそくさと夜会の喧騒《けんそう》の中へ消えていく。

ユフィの手を取る男の目線が、少しばかりキツすぎたのかもしれない。

「ネイト、あんまり騎士団の皆さんに意地悪しないようにね」

「別に意地悪をしたつもりはない。ただ、あいつらの前では清廉潔白な騎士を演じる必要はないなと思っているだけだ」

それはつまり、気を許せる相手、ということだろうか。

ユフィと変な内容の契約をしてしまったせいで、ネイトは自身の行動に制限をかけられてしまっている。

ユフィに全てを明かしていくらか楽になったとはいえ、素のネイトで接することができる人間は貴重だ。それが、長い時間を共にしている仕事仲間ならなおさらである。

「あ……ユフィが、同僚を雑に扱う男は嫌というなら、気をつける」

「そんな、大きな問題にでもならない限り、口出ししないわ」

ハッとしたネイトの眉が下がるのが見えて、すぐに止めておく。

ユフィは今ここにいるありのままのネイトを愛せるのに、そんなにユフィに嫌われることが怖いのだろうか。

(本っ当に、可愛い悪魔ね)

自分が素晴らしい男であり、ユフィに愛されているという自信を持って欲しいものだ。

だいたい今だって、ネイトにエスコートされているユフィの背中には、ちくちくと嫉妬と羨望の視線が刺さってきているというのに。

(私なんかをこんなに大切にしてくれるのは、世界じゅう探したってネイトだけよ)

だから絶対に、何があっても婚約解消なんてしない。この素敵な婚約者を、他の人になんて渡してたまるものか。

「……ユフィ?」

戸惑いがちに手を引く彼に、今できる最高の笑みを返す。

ユフィはネイトを嫌いになんてならないと、伝わることを願って。

「……そういえば、近々悪魔崇拝を法律で禁止することになるみたいだな」

(ん?)

ふと、近くで談笑する人々から聞こえた話に、ネイトと二人で耳を傾ける。

「先日の公爵閣下の夜会を襲ったのも、やつらなんだろう?」

「街の中で魔物に遭遇するかもしれないなんて、恐ろしいことだ。王太子殿下が法律の改正を進めてくれているそうだが、早く正式に禁止してくれないものかね」

彼らは二の腕をさすりながらそう語り、そのまま会場の奥へと進んでいった。

やはりこの地に住む人々としても、宗教の自由を禁じる法ができることへの不満よりも、直接命の危機にかかわる悪魔崇拝を恐れる気持ちのほうが強いようだ。

「法を変えるには慎重な判断が必要だが、今回ばかりは早めに進めて欲しいものだな」

「悪魔崇拝者たちは、今のところ害しかないものね……。でも、崇拝される側のネイトとしては、思うところはないの?」

「ユフィに出会うきっかけになった一点だけは感謝しているが、他は特にないな。ユフィと暮らしていく未来に、他の悪魔の介入もなり損ないどもの襲撃もいらん」

「それは確かに」

悪魔としてではなく、ユフィの伴侶として生きていくことを前提としているネイトの発言に、また嬉しくなる。

ネイトが反対していたら難しかったかもしれないが、そうでないならサミュエルの策はこのまま推し進められることだろう。

(早く色々が整って、平和な生活が戻ってきたらいいな)

そうしたら少しずつでも、ネイトとの結婚式の準備を進めていこう。

楽しみが待っているとわかれば、また明日から引きこもり生活になっても大人しく我慢できる。

「さて、せっかくだからユフィ。もう少し夜会を楽しんでいくか」

「はい!」

重ねているだけだった手をきゅっと握り直して、賑《にぎ》わう会場を進んでいく。

意外にもこの日は、誰にも邪魔されることなく夜は更けて——楽しい思い出だけを胸に残して、宴は終わりを告げた。

＊　＊　＊

ユフィを伯爵邸に送り届けたネイトは、預けていた軍馬を引き取り、侯爵家ではなく騎士団施設へ戻ることになった。

本当はすぐにでも眠りたいところだが、参加した夜会は一応騎士の任務で赴いていたものだ。何事もなかったとしても、報告に戻るまでが務めである。

なお、ディエゴは邪魔だったので、騎士団が懇意にしている宿へ預けてきた。酒もまだ抜けておらず、悪魔とは思えないほどヘロヘロな様子だったので、一晩程度放置しても問題ないだろう。

「ネイト、お疲れ」

馬を休ませて執務室へ入ると、先に戻っていたグレイと他の騎士たちが手を上げて挨拶をしてくる。事務机には書きかけの報告書だけでなく、よく見る四角いグラスが一緒に載っていた。

「おいグレイ、それ」

「ああ。お前もどうだ?」

手袋を外した手が、嬉しそうにグラスを揺らして見せる。半透明の茶色い液体が、無骨な氷を溶かす音が聞こえた。

「就業中に飲酒とは、いい度胸だな」

「堅いこと言うなよ。ディエゴ君だって、夜会の会場に来た時からベロベロだったじゃないか」

あれはある意味必要な措置だったのだが、彼らにはそんなことは関係ないだろう。

上機嫌でネイトの分のグラスを差し出してくるグレイは、もう酔っているのかもしれない。

「俺はいい。騎士として所属している限りは、清く正しい生き方をするつもりだからな」

「つれないな。いいじゃないか、最近ずっと忙しくて休みもないいんだし。お前どうせ酔わないんだから一杯ぐらい付き合えよ」

確かに、このところ悪魔崇拝者たちの件のせいで忙しく、特にサミュエルから指名を受けている者たちは、ろくに家に帰るヒマもないほどだ。

とはいえ、指名された騎士は皆独身なので専用の寮で暮らしているし、帰りを待っていてくれる家族もいない。

逆に既婚の騎士は、事件調査の手伝いであっても残業はあまりしなくていいように調整されている。これはこの事件に限らず、騎士団で続いてきた習慣のようなものらしい。

婚姻を勧める意味で国にも評価されているが、今回のような恐ろしい事件だと、主に走り回る独身騎士たちは不満が溜まりやすくなってしまうのが難点だ。

(それで俺たちのご機嫌取りに、というところか)

仲間の一人がちょうど注いでいる酒瓶には、それなりに値のはる銘柄がついている。軽く見積もっても、ネイトが今日ディエゴに飲ませたものの三倍はする代物だ。

騎士という職につく者はだいたい皆酒好きだが、それでも自分用に購入するにはちょっと躊躇うような酒なので、きっと年配の騎士か、あるいはサミュエル本人からの差し入れだろう。

「ああ、やっぱりいい酒は美味《うま》いなあ……ネイトも、ほら」

「飲まないと言ってるだろう。そんな頭で報告書が書けるのか？」

「大丈夫だよ、これぐらい」

けらけらと笑って答えるグレイだが、机上の報告書にはまだ今日の日付と名前ぐらいしか書かれていない。

（これは、俺が代筆したほうが早そうだな）

軽くため息をついて、ネイトも事務机のペンをとる。提出するまでは寮にも帰れないというのに、彼らは執務室で一夜を明かしたいのだろうか。

「ネイトってさ、すごい真面目だよな。今時珍しいぐらい」

文字を連ねていると、感心した様子でグレイが覗き込んでくる。他の騎士たちもグラスを傾けつつ、うんうんと頷いているのが見えた。

「そう思われているなら何よりだ。ユフィと約束しているからな。俺は、清く正しい〝きれいなおにいちゃん〟であるように」

「きれいな……？　なんだよそれ。もう兄ちゃんじゃなくて、婚約者になったんだろ？　それなら、その約束は守らなくてもいいんじゃないか？」

「そうもいかない」

悪魔との契約は、適当に交わされる人間の約束とはわけが違う。ネイトからすると、人間は約束を守らなすぎるし、コロコロと意見を変えすぎだとも思うが。

「そんなもんかね。ま、お前の愛しいユーフェミアちゃんとの約束なら、仕方ないか」

グレイは苦笑を浮かべたまま、ポンとネイトの肩を叩いてくる。この男は軽くて馴《な》れ馴れしいだけの人間にも見えるが、人付き合いがうまくて交友関係も広い。

もしかしたら、今ネイトが考えている問題の解決策も知っているかもしれない。

（……少し、ヒトの意見を参考にしてもいいかもな）

そう決めるが早いか、ネイトはグレイの事務机に手を伸ばして、ほとんど真っ白な報告書を自分の手元に置く。

「グレイ、これは俺が代わりにやってやるから、お前の意見を聞かせろ」

「やった、マジで⁉　……ああでも、意見ってこないだの反抗期がどうとかみたいなやつか？」

「反抗期は終わったが、ユフィのことだな」

ぱっと嬉しそうに笑ったのも束の間、続いたネイトの言葉に、グレイは明らかに眉を顰《ひそ》めた。

「俺が知らないことは答えられないぞ。それでいいなら」

「ああ」

了承すれば、わざわざ椅子を持ってきてネイトの向かいに座る。こういうところが、グレイの周囲に人が集まる理由もしれない。

「実は婚約する前からも悩んでいたんだが。清廉潔白な騎士のままで、ユフィとイチャイチャするためにはどうすればいい？　どこまでなら触れてもいいんだ？」

「……………なんだって？」

早速とばかりにネイトが切り出すと、グレイは大きく開いた目をぱちぱちと瞬かせる。聞き耳を立てていたらしい他の騎士たちも同じ様子だ。

「清廉潔白なままで触れたい？　それは、邪《よこし》まな感情がなければ、いくらでも平気じゃないか？」

「下心はもちろんある。やらしい意味でもユフィに触れたい」

「うん、あんまり赤裸々なこと言うのやめような！　二人とも知ってる俺は、めちゃくちゃ気まずいからな、今の状況」

婚約者に触れたいと口にするだけでも赤裸々と言われてしまうのか。それとも、ユフィとのそういう姿を想像したから止めてくるのか。

若干照れた様子で視線を逸らすグレイに、なんとなく面白くない気分になってしまう。

「俺のユフィで不埒《ふらち》な妄想などするな」

「唐突にそういう話をふってきたのはお前だろ！　だいたい、俺に相談するまでもなく、言ってることが矛盾してるのはネイトもわかってるんじゃないのか？」

「…………」

矛盾と言われて、やはりかという落胆が胸に募る。

清らかさと下心は同居しないものなら、〝きれいなおにいちゃん〟でいなければならないネイトは、いつまで経ってもユフィに触れられない。それは正直苦痛だ。

「俺が答えられるとしたら、それを聞く相手が違うってことだな」

「え？」

だが、ふいにニカッと笑ったグレイは、元気づけるように強めに背中を叩いてきた。

「確かに矛盾した願望だが、お前が清く正しくなんて言うのは、ユーフェミアちゃんのためなんだろ？　だったら、その清らかさの基準も彼女準拠でいいんじゃないか？」

「それはつまり、俺がどこまで触れていいのか、ユフィに決めてもらうということか？」

「そういうことだな！」

どうよ、と自慢げに胸を張るグレイに、周囲の騎士たちもやんややんやと盛り上がる。

彼の言う通り、ユフィとの契約内容は極めて曖昧だ。わからないなりに世間一般的な清く正しくを貫いてきたが、契約者であるユフィの基準、ユフィの願いを第一に叶えるほうが、彼女にとっても嬉しいことかもしれない。

何より、どうして欲しいかユフィに訊ねながら触れられるとしたら——男としてはなかなかグッとくるものがある。

「……ネイト、めちゃくちゃ悪い顔してるぞ」

「そんなことはない。だが、お前にしては大変参考になる意見だった。報告書は出しておいてやるから、帰って休んでいいぞ」

「俺悪いことしちゃったかな……」

若干引き気味のグレイに、大衆向けのきれいな笑顔を作って返す。

もちろん、無理を強いるつもりはないが……今起こっている煩わしい諸々が片付いて、伯爵家に帰れるようになった暁には、ユフィに跪《ひざまず》いて聞いてみたいところだ。

(挙式以外にも、楽しみが増えたな)

意図せず心からの笑みを浮かべたネイトは、上機嫌のまま二人分の報告書にペンを走らせた。

五章　世界よりも選びたい願い

「お嬢様、そろそろお茶にいたしませんか？」

一夜明けて穏やかな日差しが心地よい今日は、朝からとてもいい天気だ。

自室に声をかけに来てくれたモリーに応えるべく、勉強机に向かっていたユフィはぐいーっと背筋を伸ばして返事をした。

「ありがとうモリー。いただくわ」

「今日はいいお天気ですので、テラス席のほうにご用意いたしました。風も気持ちいいですよ」

「そうなのね、すぐに行くわ」

扉を開けば、焼き立てのお菓子の香ばしい匂いが鼻をくすぐる。うきうきしながら階段を下りていくと、他の使用人たちも微笑ましげにユフィを見守ってくれていた。

（よかった、今日も平和だわ）

昨夜は何事もなくユフィは屋敷に送り届けられ、ネイトやグレイたちも騎士団施設へ帰っていった。事件は解決していないものの、調査は少しずつ進んでいるようだ。

(ずっとずっと、こういう日が続いたらいいのに)

なんて――そんな風に考えてしまうことが、やはりきっかけなのだろう。

「ユーフェミアさん」

「え?」

庭に面したテラスに着くや否や、どこからかユフィを呼ぶ声が聞こえる。

モリーや使用人たちが慌てて周囲を確認すると、その人物はすぐに見つかった。

「こんにちは」

庭からひょこっと顔を出したのは、昨日も会ったばかりの男。この街に現在二人しかいないだろう褐色の肌に黒い髪を持つ異国風の悪魔だった。

「ふ、不法侵入ですか!? それともまさか、昨日から帰ってないとか……」

「えっ、違いますよ! そんなに驚かせるつもりでは……」

とっさに声を上げるモリーに、ディエゴは両手を胸の前でぶんぶんふると、泣きそうな弱々しい表情でユフィに助けを求めてくる。

ユフィとしても彼とはあまりかかわりたくないが、不審者と一括《ひとくく》りにするには不憫《ふびん》さを禁じえない様子に、思わずぐっと息を呑んだ。

(昨日、私を家に送ってくれた後、ネイトが連れていったわよね? なら、どうしてここに)

モリーの声で駆けつけた男性使用人たちがユフィを守ろうと前に出ると、ディエゴは緑色の目に涙を浮かべて、ふるふると震え出す。絵面だけを見れば、こちらが弱い者いじめをしているようだ。

「お嬢様、こいつは何者ですか？」

（あ、覚えてないんだ）

ユフィに目配せをした使用人は、以前ディエゴが屋敷を訪れた際にも一緒にいたはずだ。しかし、今は明らかに初対面の人物と認識している。

（そういえば、公爵家の方も何も言ってこなかったのよね。やっぱり〝呪文〟が効いた人たちは、その時の対応がよくなる代わりに、記憶に残らないのかも）

対して、昨日会っているモリーをはじめとした使用人たちは、ちゃんとディエゴを覚えているようだ。ただし、酔って夜会に出かけていっての今日なので、印象はよくないように見える。

「兄さんの故郷の後輩？　みたいな方よ。昨日も来ていたのだけど」

「ネイト様の、ですか？　確かに、容姿の特徴は似ていますが……何故お嬢様のもとに」

ユフィが曖昧に説明する間にも、ディエゴは庭の芝生の上に正座をして、両手を組んでこちらを見つめてくる。

「ぼ、僕は決して怪しい者ではありません！　僕は、ここより東の……」

「だめ！」

結局また呪文を唱えようとしたディエゴを、即座に制する。

害はないとは聞いたが、モリーや大事な使用人たちを一時的にでもおかしくするなんて、貴族の娘として許せることではない。

　ユフィが強く否定したことで、使用人たちはますます表情を険しくしてディエゴを睨みつける。

　できるならこのまま追い出してもらいたいところだが……。

「仕方ない。誰か、兄さんに使いを出してくれるかしら。私たちが下手な対応をして、問題になっても困るから」

　ディエゴは、一応悪魔だ。戦う力を持たないユフィはもちろん、呪文一つで彼の味方になってしまう使用人たちが止められる相手ではない。

　すぐさま頷いた使用人の一人が、足早に去っていく。忙しい時に邪魔をしたくないが、悪魔を止められるのはきっと悪魔だけだ。それに、何かあったらすぐに呼べと言ったのはネイトなので、〝ご馳走〟である自分は大人しく従ったほうがいい。

（で、どうしようかな、この人）

　さすがにネイトが来るまで庭で正座をさせておくのは、何かあった時に問題になりそうだ。

　何より、どこから入ってきたのかも気になる。有名な家ではないとはいえ、仮にも伯爵家の屋敷にひょいっと入られるのは防犯的に問題だ。

「ディエゴさん、ネイトが来るまでこっちで話しましょう。もちろん、少しでも変な真似をしたら、出ていってもらいますが」

「あ、ありがとうございます、ユーフェミアさん‼」

渋々ディエゴをテラスのテーブルに招くと、彼はぱっと顔を輝かせてから、散歩に行く時の犬のように駆け寄ってくる。こういうところを見ると、本当に情けない男性にしか見えない。

「お嬢様……」

抗議したげなモリーには、手を合わせて謝罪しておく。これが皆を守ることにもなるはずなので、どうか許してもらいたい。

男性の使用人が嫌そうに椅子を引いてあげると、彼はそこに恐る恐る腰を下ろした。

「すみません、ユーフェミアさん……僕、他にお話しできるヒトがいないもので」

ユフィも向かいの席に座って、ディエゴと目線を合わせる。彼はさっきとは打って変わって、しょんぼりと肩を落としている。つくづく忙しい男だ。

「ネイトがいるじゃないですか」

「む、無理ですって、恐れ多い！　ネイト様から僕に近づいてくださるならいざ知らず、僕から近づいたら殺されてしまいますよ。あの方は、ちょっと離れたところから眺めているぐらいでちょうどいいんです」

（私に近づいたほうが、ネイトが怒る確率は高いんだけどね）

ネイトがユフィのことを愛し、過保護にしている片鱗も見ているはずなのに、やはりどこか抜けた悪魔だ。

モリーが紅茶のカップを置く音にびくっと肩を震わせつつ、ディエゴは続ける。

「それに、なんでもできるネイト様に、僕のみっともない事情などご相談できません。あの方には、願いが叶えられないせいで相手を選ばなくちゃいけないことなんてないでしょうし」

「願いを、叶えられない？」

ユフィがそのまま訊ねると、ディエゴはますます表情を曇らせる。

「僕のように弱くて力のない者では、叶えられる願いにも限りがあるわけです。その中で契約者を見つけるのは、なかなか難しくて……」

（ということは、昨日の夜会でも契約者は見つけられなかったのね）

注視はしていなかったものの、なかなか盛り上がっていたのでいい相手が見つかったのではと思ったが、やはり駄目だったようだ。

（それにしても、強さって戦闘力的な意味だけじゃなかったのね。叶えられる願いにまで差が出てくるんだ）

てっきり魔法的な〝不思議な力〟でなんでもできると思っていたが、願いの規模も個々の能力に左右されるようだ。悪魔＝どんな願いでも叶えられる、わけではないらしい。

それなら、ディエゴの契約者探しが難航するのも納得だ。命を賭して願うなら、それがささいな内容になるはずがない。

どれだけ努力しても人の身では叶えられないからこそ、悪魔という超常存在にすがるのだ。

ネイトと契約すれば国を掌握できるのに、ディエゴと契約したら町しか手に入らないと言われたら、誰だってネイトを選ぶに決まっている。

「なんというか、大変そうですね」

「そうなんです……予想はしてたんですけど、やっぱり僕なんかと契約してくれるヒトはいなくて。これじゃあ、いつになったら帰れるか……その前に罰を受けるかな。そのほうがいいのかも。もう本当に、自分が情けなくて情けなくて」

「あー……」

ジメジメと呟いていたディエゴは、ついにテーブルにぺしゃっと突っ伏してしまった。

昨日、酒が入っていた時の彼はまだマシだったが、素面《しらふ》の彼はカビでも生えてきそうなほどに沈んでいる。ネイトが酒を飲ませたのも納得だ。

幸いカップは無事だったが、彼の奇行に使用人たちも白い目を向けてしまった。

「こう言うのもなんですけど、気持ちはわかりますよ。私も少し前までは、自分に自信が持てなくてだいぶ凹《へこ》んでましたし」

「ユーフェミアさんが？　そんなにキラキラした魂を持っているのに？」

「人間の結婚に魂の良し悪しは関係ないですからね」

苦笑を浮かべると、ディエゴの緑の瞳がわずかに興味を持ってユフィを見上げてくる。

そう、ほんの少し前までのユフィは、あまりに婚活がうまくいかなくて自信がなくなっていた。

他の令嬢たちにできることが、自分にはできない。それなのに、家族も力を貸してくれない。

何をするべきかわからなくなって、同時に自分に価値がないと思い詰めて、毎日涙を堪えながら生活していたのだ。

「……でも、なんだかんだ見つかるものですよ。あなたじゃなきゃ駄目だって人が。私は色々あって、気づくまでに無駄な時間がかかりましたけど」

「……僕みたいな弱い存在にも、そんな稀有な相手がいるでしょうか」

「ええ、きっと」

ディエゴの瞳に、さらに光が戻ってくる。今は落ち込んでいるようだが、元々彼の容姿はそう悪くない。いや、どちらかといえばいいほうだ。昨日の夜会でも女性たちにちやほやされていたのだから、彼だってわかっているはずだ。

ディエゴがいいという相手も、必ずいるだろう。……性格に難はあるけれど。

「私はあなたたちのことに詳しくないし、偉そうなことを言える立場ではないですけど……強い力を必要としない願いもあると思うんですよ。武力的なものとか、恐ろしい願いじゃなくて。ほら、愛とか恋とか」

「ユーフェミアさん、すみません。愛情を強制したり、媚薬や催淫のような効果を維持するのは、実は強い力がないとできないんです……」

「いや、強制しろとは言ってませんよ⁉」

というより、それは恋愛ではなく洗脳だ。

すぐそんな発想に結びつくあたり、やはりディエゴは考え方が過激らしい。

「そうじゃなくて、ディエゴさん本人に恋をするんですよ。普通に、自然に！　もしくは、あなた自身が恋人になって欲しいって方と契約するとか！」

「こいびと？　……あなたとネイト様のようなものですか？」

ようやくテーブルから頭を起こすも、心底不思議そうに首をかしげるディエゴに、提案したユフィのほうが困ってしまう。

ネイトが押せ押せの姿勢だったので悪魔でも恋愛はわかるものだと思っていたが、そこも個体差があるのかもしれない。

たぶらかすのかな、などと呟いているあたり、少なくともディエゴに恋愛感情は備わってなさそうだ。

「これなら強い力がなくてもいけると思ったんですけど……ネイトもどちらかというと、力を使わないようにしている感じだったし」

「ネイト様が？」

ため息混じりにこぼした呟きに、ディエゴは耳ざとく反応する。今のネイトの契約者がユフィであることは彼も知っているはずだが、そういえば詳しく説明していなかった気がする。

「えっと……」

ちらりと目配せをしたのは、ずっと近くに控えているモリーと他の使用人たちが気になったからだ。

先ほどから『悪魔』という明確な単語は控えているものの、契約だの力だのとわけのわからない単語が飛び交う会話をしているせいで、使用人たちはきっと不信感を募らせているだろう。

かといって、ユフィがそれを説明するわけにはいかない。そうなったら、十年以上一緒に暮らし、近い将来に婿として戻ってくるネイトが〝人間ではない〟とバレてしまう。

「すみません、この話はネイトが来てからで……」

「いえ、今すぐに聞かせてください」

誤魔化そうとしたユフィを遮るように、パチンと軽い音が響く。

ディエゴが指を鳴らしたと気づいた瞬間、モリーたちの目からふっと光が消えたように見えた。

「えっ⁉　ちょっと、何をしたの⁉」

「わっ⁉　す、すみません。一時的に意識を逸らしただけです！　うたた寝してるようなものなので、三分ぐらいしたら戻りますから！　お、怒らないで、殴らないで」

ユフィがすぐに声を上げると、彼は頭を庇《かば》うように両手で押さえた。どう見ても全員目を開けているのに、うたた寝とはどういう状況だろう。

「ぼーっとしてるだけなので、害はないです！　ほ、本当に」

「いや、殴ったりはしませんよ……」

ついにはディエゴが震え始めたので、ユフィはひとまず姿勢を正した。三分しか効果がないのなら、返答も早めに済ませるべきだと思ったからだ。

「ネイトと、私のことを話せばいいんですね？」

「はい！　実はずっと気になっていたんです。あの方にどんな願いをしたら、叶えるのに十年もかかるんですか？」

ギラリと目を輝かせて、ディエゴが姿勢を正す。

彼が尊敬するネイトの話だ。前のめりで気になってしまうのもわかるけれど……。

「私とネイトの契約は、私が願ったわけじゃないんですよ」

一つため息をついてから、二人の事情を声に乗せる。

ユフィは元々、召喚儀式の生贄にされかけていたこと。そこを救ってくれたネイトが、ユフィの今わの際の感想を〝願い〟だと勘違いしたこと。

それから紆余曲折《うよきょくせつ》を経て婚約者になり、彼と想い合っていること……などだ。

これが少しでも、力の弱いディエゴの契約者探しに役立つと信じて。

（力を使わなくても、恋愛関係を結べる人と出会えれば、きっと契約も……）

「だから、私がネイトと結んだ契約は、彼が〝きれいなおにいちゃん〟であることよ」

「――はあ？」

しかし、ユフィの予想に反して、返された声は異様に低く、そして冷たかった。

「え、じゃあなんですか？　あなたは、あの最強の悪魔を捕まえて、十年もくだらない人間ごっこをさせていただけだと？」

ふいに、寒気を覚えて肩が震える。ぞわぞわと足元から冷気が上がってくるような、気味の悪い感覚だ。

「そ、そういうことだと、思いますけど」

「はっ……まさか、そんな馬鹿みたいな契約だったなんて」

棘《とげ》のある言葉と苛立った空気が、ジリジリとユフィの肌をかすめる。ほんの数秒前まで怯えて頭を抱えていた人物とは、まるで別人のようだ。

（何？　これは、誰なの？）

ディエゴの容姿は変わっていない。ネイトと同じ褐色の肌に長い黒髪。砂漠地方特有の白い衣装をまとった彼は、出会った時と寸分変わらぬ彼だ。

だが、その表情に、もはや弱々しさは微塵《みじん》もない。細められた緑眼は、ユフィを射殺さんばかりに睨みつけてくる。

「なんで、急に……」

ユフィはいつでも逃げられるように椅子から腰を上げて身構える。

が、ディエゴはそんな様子すらも滑稽そうに一瞥《いちべつ》すると、おもむろに首の装飾に手をかけた。初めて夜会であった時と同じ、三連になっている金環だ。

ネックレスというにはきっちりと首に巻きついていて、まるで拘束具のようだと初見から少し気にはなっていたが……。

「ひっ⁉」

どういう構造なのか謎だが、環は真ん中でポキリと折れると、三本まとめて地に落ちる。

……ユフィが声を上げたのは、環そのものではなく、それをつけていた彼の首に対してだ。

「あなた、酷い怪我……ッ！」

ディエゴの首には、環の形そっくりそのままに火傷《やけど》のような痕が残っていた。

ちょっとかぶれた、なんて生易しい症状ではない。赤黒く焼けただれた肌は、彼への警戒心を一瞬忘れてしまうほどに酷かった。

「ええ、まあ。覚悟はしてましたが、やっぱり痛かったですよ。けど、これぐらいやらないと、さすがに抑えきれないので」

一方でディエゴは、さして気にした様子もなく傷痕を撫でてみせる。爪の先に剝がれた皮膚がひっかかって、見ているユフィのほうが痛くてたまらない。

「お医者様を呼んだほうがいいですか？　それとも、ネイトが来ればなんとかなります？」

「どっちもいりませんよ」

ニコリというよりニヤリといった笑い方で、ディエゴはユフィの提案をはねのける。

そして次の瞬間、大きな音を立てて、彼の背に真っ黒な羽が広がった。

「羽が……」

だがそれは、ネイトのものとは違う。羽毛ではなく飛膜を張ったコウモリのような羽だ。

（って眺めてる場合じゃない！　ここにはモリーたちもいるのに！）

慌てて周囲を見回すと……モリーはまだぼんやりしたまま、どこか遠くを見ている。その目に光はなく、意識があるようにも見えない。

「もうとっくに三分経ってるのに……何をしたの⁉」

「だから何もしてませんよ。寝てるようなものだって言ったでしょう。わざわざ手を出す価値もありませんし」

すぐに問い質《ただ》すユフィに、彼は面倒くさそうに答えるだけだ。

やはり、先ほどまでわずかなやりとりにもビクビクしていたディエゴと同一人物とは思えない。

（それに、この感覚……）

知らない間に震えていた左手を、とっさに右手で押さえる。

これまでディエゴと会った時には出なかった症状が、じわじわと体を蝕《むしば》んでいるのがわかる。暖かい日差しのあたるテラスにいるのに、体の芯が凍えるように寒い。

潤み始める視界に、意図せず涙が浮かんでいると気づく。ユフィの例の体質が出ているのだ。

「……弱い悪魔なんかじゃなかったのね」

怯えの滲む声で指摘すると、ディエゴは今更かとでも言うように鼻を鳴らした。

「さっきまでは本当に弱かったですよ。事情を探るには、そのほうが都合がよかったので。下手に力のある悪魔が近づいたら、ネイトは有無を言わさず僕を殺したでしょうしね」

そして、トントンと首の傷を指し示す。恐らく、あの金環に力を抑える効果があったのだろう。魔物すらも恐ろしく感じるユフィの体質が、自分に敵意を持つ悪魔に反応しないはずがない。

（こんな酷い傷を負うことも、知っててやったってことよね。なんて人……）

ディエゴが視線をこちらに向ける度に、刺すような冷たさが全身に走る。早く逃げなければと思っても、手にも足にも力が入らない。

「それにしても、本当に誤算でした。十年も『ショー』が始まらなかった理由が、まさか契約者と色恋ごっこに勤しんでいたからなんて。なーにが〝きれいなおにいちゃん〟ですか。最強の悪魔がこんな稀有な魂を捕まえて、やってたことが三流喜劇以下？　はあ、まったくくだらない！　あなたの魂が対価なら、国の一つや二つ滅ぼすような願いも余裕で叶っただろうに」

ディエゴは手つかずだったカップを摑むと、顔の前まで掲げてから、中身の紅茶をテーブルに流していく。

「でもまあ、いいですよ。それならそれで、ここからショーを始めましょう」

ぼたぼた、と茶葉の混じった重たい水が地面に滴る。

クロスと床に広がっていく赤い染みが、血のようにも見えた。

「ここ、王都でしょう？　惨劇の舞台としては充分です。ネイトが魅せてくれないなら、なり損ないどもをばら撒いて呼び出そう。なんなら、僕がやってもいい。十年も待たされたのだから、派手にやらなくては」

「何を言っているの……？」

言語は通じているのに、言っていることの意味がちっとも理解できない。

ただ一つはっきりしているのは、それが人間にとっては恐ろしいことだという事実だけだ。

「……ふむ」

ディエゴはじっとユフィを見つめた後、裂けんばかりに口端をつり上げた。

「ユーフェミアさんは、出番があったらその時に」

長い指先が、傾けていたカップを空中に投げる。

かしゃん、と陶器が割れる音を最後に、ユフィの意識は闇に呑まれた。

＊　＊　＊

「――――ッ！」

ネイトがそれに気づいたのは、ちょうど騎士団施設を訪れたサミュエルに報告をしている最中だった。

つい先ほどまでまったく感じなかったにもかかわらず、唐突に悪魔の気配が現れたのだ。

(どういうことだ？　今召喚されたのか？)

意識を集中させて、気配のある場所を周囲にバレない程度に探ってみる。

このところはネイトも協力して儀式が行われる兆候を察知し、未然に防げていたはずだ。かかわった悪魔崇拝者たちも都度捕縛しているので、留置場がいっぱいで入りきらないだの、取り調べが追いつかないだのといった話を他部署から聞いていたほどだ。

ただ、今回の件はやはり異常で、拘束された者の実に半数が〝悪魔を崇拝した覚えのない一般人〟が洗脳されて儀式を手伝っていたというパターンなのである。

当然そんな相手を拘束することはできないので、状況を説明し、せめて黒幕の情報を得られないか調査を進めている最中だったのだが……。

(ここにきて悪魔が現れるとはな。黒幕はヒトではなかったのか)

あるいは、契約者がそう願ったことで悪魔が動いているのか。

いずれにしても、状況を引き起こしたのが悪魔ならば、この事件はあっと言う間に決着する。

何故なら、人間が黒幕なら〝どうやったのか〟まで詳しく調べる必要があるが、悪魔なら〝できて当然〟だからだ。

ネイトだって、可能か不可能かで聞かれればもちろん可能だ。その程度のこと、朝食のコーヒーを飲みながら片手間にこなせる。

（急に悪魔だなんて言ったら驚くだろうが、こいつらなら大丈夫だろう）

サミュエルと共に事件にあたっているのは、精鋭の騎士ばかりだ。今、報告のために会議室に集まっている面々は、同僚のグレイも含めて戦闘面では申し分ない。

もしもの事態になるようならば、ネイトがどうにかすればいいだろう。

これでようやく、ユフィとゆっくりできる生活が戻ってくる。そう考えて、悪魔の気配を追っていたが……その場所を突き止めた瞬間、思わず席を立ち上がった。

「うわっ⁉　な、なんだよネイト」

突然の行動に、同席していた騎士たちからの非難の声と、勢いで倒れた椅子の音が重なる。だが、そんなものはどうでもよかった。

ネイトの額に、じんわりと汗が滲む。

「殿下、今すぐに退席の許可を」

「いきなり何事だ。ユーフェミア嬢関係か？」

鬼気迫る、としか表現のしようがないネイトの様子に、サミュエルも若干引きながら答える。

本音を言うなら、今すぐ全てを投げ捨てて走り出したい。

何せ――悪魔の所在地は、セルウィン伯爵家のタウンハウスがある場所だったのだ。

「それも含めて、緊急事態です。今回の黒幕が現れました」

「……話し合いをしている場合じゃないことは確かだな」

ネイトの地を這うような低い声に、サミュエルはすぐに手の動きで指示を出す。途端に座っていた皆が書類をかき集めて、席を立ち上がった。

「現れたとは微妙な表現だな。どこかに潜伏していたのか？　それとも……」

「緊急のため失礼いたします‼」

ネイトが答える前に、サミュエルの発言を遮って扉が開かれる。

王太子の前で暴挙としかいいようがないが、肩で息をする男は騎士団の制服を着ており、真っ青な顔で言葉を続けた。

「街じゅうに魔物が出現しています‼　すぐに討伐命令をお出しください‼」

マジで緊急じゃねえか、と最初に呟いたのは誰だったか。

ネイトは報告に来た騎士を押し退けると、すぐに厩舎へ駆けていく。そのわずかな間ですら、周囲からひっきりなしに怒号と軍靴の足音が聞こえてきた。

騎士団施設を出れば、魔物の咆哮《ほうこう》と人々の悲鳴もそこに交ざるだろう。

翼を出して全てを薙《な》ぎ払いたい衝動を堪えて、全力で足を前に出す。

一刻も早くユフィのもとへ辿りつくこと。考えるべきは、ただそれだけだった。

＊＊＊

「……ん」

ユフィが目を覚ますと、まず焦げ茶色の布地が目に入ってきた。

どうやら自分は、気絶させられた上でどこかに体を横たえていたらしい。

何度か瞬くと、ようやく視界がはっきりしてくる。見覚えのある家具の配置は間違いなく我が家であり、テラスのすぐ横にある談話室のソファに寝かされていたようだ。

（服は着てるわね。痛いところも特には……）

身をよじって確認すると、怪我をしていない代わりに手と足が動かないことに気づいた。

手は腰のあたりで後ろ手に縛られており、両足首にも布が巻きついている。なんとか外そうとしてもビクともしない。痛くないように縛られているのだけが救いだ。

「あ、起きたかい？」

「……ッ！」

そんな中、場違いなほどに明るい声が聞こえて、はっと頭を起こす。

ユフィの向かいではなく、隣の一人用ソファに座ってこちらを見ているのは、予想通りディエゴだった。

背もたれが羽を邪魔しているせいで、若干前かがみに座っているのがシュールだ。

「……なんのつもりですか？　何故、こんなことを」

「何故？　それは何に対しての質問？　君を縛っていること？　それとも、僕がやろうとしていることそのものについての質問？」

「両方です！」

キッと睨みつけると、彼はきょとんとした顔でユフィを見返してくる。

おっとりとした雰囲気に騙されそうになるが、ユフィの肌はずっとビリビリと震えるような強い恐怖を感じている。

隠していただけで、彼はとても強い悪魔だ。決して気を抜いてはいけない。

「君については、すぐに殺すよりも使ったほうが楽しそうだから、逃げないようにしただけだよ。足を斬り落としてもよかったけど、ヒトってすぐに死ぬから丁重に扱ってるだけ」

（確かに痛くないけど、これが丁重な扱いなんだ……）

まあ、床ではなくソファに寝かされていたし、彼なりに気を遣った結果なのだろう。

「僕がやろうとしていることは、ただの娯楽だよ。遊びに来たのだから、楽しみたいと思うのは当然だろう？　君たちだって、強い者や優れた者の技術を見るために料金を支払い、手を叩いて喜ぶじゃないか。剣の技術を競う交流試合とかね。まさか、貴族の君が観戦や観劇もしたことがないなんて言わないだろう？」

「それは、あるけど……」

言いたいことはわかる。理解したくはないが、それを楽しみにして、わくわくと期待しながら待つ彼の心境もわかる。

「だからって、争いを起こして、それを娯楽と呼ぶ気持ちはわからないわ」

「殺戮劇という演目があるんだよ。そしてネイトは、誰よりもその舞台を盛り上げる名俳優だ。僕たちは、彼の舞台を見るために席に座ったまま、十年待っていた。……準備が間に合わないなら、観客が少しぐらい手伝ってあげてもいいだろう？」

何がおかしいの？　と首をかしげるディエゴに、怖気《おぞけ》が走る。

ユフィはネイトしか知らなかったから、悪魔という存在が〝こういうもの〟だと今日初めて知った。彼はいつだって、人間のユフィをちゃんと大切にしてくれたから。

（『悪魔』にとっては、人間は替えのきく消耗品なんだ）

ディエゴの声には、罪悪感など微塵もない。憐《あわ》れむ気配すらない。

ただ、舞台の備品として必要だから、王都で争いを起こすと言っている。狂っているわけでも壊れているわけでもない普通の様子が、一番恐ろしい。

「さてと、君も起きたし、僕は失礼するよ」

そう言ってディエゴが立ち上がると、かすかに屋敷の外から人の声が聞こえてくる。

「な、なんの声……？」

「何って街の中になり損ないどもを撒いたんだよ。でも、君がすぐに死んだらつまらないから、この屋敷から遠いところに呼び出したよ」

けらけらと笑うディエゴに、体温がすーっと冷えていくのがわかる。なり損ないとは、つまり魔物だ。あの異形の化け物が、街の中にいるなんて。

「なんて恐ろしいことを！　まさか、公爵閣下の夜会に魔物を召喚したのも……」

「うん、僕だよ。むしろ、僕以外のやつがやっていたら、そのほうが問題じゃない？」

ユフィの目にじわりと涙が滲む。賓客としてもてなしていた相手が、彼の息子や領民、そして屋敷の使用人を苦しめた張本人だなんて。公爵が不憫すぎる。

「じゃあ、僕は特等席でネイトの様子を見たいから。またね」

「待っ……！」

呼び止める前に、ディエゴの姿は消えてしまった。後に残るのは、妙に静かな屋敷内と、対照的に騒がしくなり始めている外の声だけだ。

（どうしよう、まさかこんなことになるなんて。ネイトは今動けるの……？）

馬車の中で、ユフィに訴えてきた彼を思い出す。人間のふりをしていると、ユフィのもとへ駆けつけることができなくて、それがもどかしいと言っていた。

人間の騎士ネイトとしてふるまうなら、今の彼は魔物の対処を優先しているはずだ。この屋敷へ来られるのは、周辺の魔物を片付けた後か……。

（あるいは、彼が人間のふりをやめた時、ね）

縛られたままの手をぐっと強く握る。

本音を言えば、今すぐに彼に来て欲しい。けれど、ネイトが人間のふりをやめてしまったら、自分との結婚話がなくなる可能性が高い。

少なくとも、伯爵令嬢のユフィと結婚するのは無理だ。

（私のほうが全てを投げ出して、ネイトと共に生きることを選べばいいのかもしれないけど）

十六年人間として、それも貴族の娘として生きてきたユフィに、果たしてできるだろうか。

それに、十年ずっとユフィと〝人間として〟結婚するために我慢してきてくれたネイトの努力が全て無駄になってしまう。

誰よりも人間らしくふるまい、ユフィに相応しくなるために誠実に生きてきてくれたネイト。彼を愛おしく思えば思うほど、誰にも彼が悪魔であることを明かせなくなる。

「私は……どう動くべきなの？」

ぐるぐると回る頭をソファに押しつける。……そんなユフィの耳に、大きな咆哮が飛び込んできた。獣の鳴き声とも違う奇妙な音は、間違いなく魔物の声だ。

「……いや、これ悩んでる場合じゃないわね」

ネイトは言っていた。防壁の外にいる魔物ですらも、ユフィの魂を嗅ぎつけていると。ただ、街の防壁に邪魔されたり、ネイトという強力な護衛がいるから近づけなかっただけだと。

ネイトが傍にいない今、街に解き放たれた魔物は、間違いなくご馳走のユフィを狙って近づいてくるはずだ。

「冗談でしょ。ここをどこだと思ってるのよ」

伯爵家のタウンハウスが、辺鄙《へんぴ》なところにあるはずがない。当然ながら、周囲は全て民家だ。それも、同じ貴族の邸宅が多い。

ユフィを狙う魔物たちが襲ってきたら、惨事は免れない。

「早く人気のないところに行かなくちゃ……」

自分の魂のせいで周囲に迷惑をかけるなんてとんでもない。なんとか動こうと身をよじってみるものの、両手足が縛られていてはうまく動けず、そのままソファから転げ落ちてしまう。

「いたっ！」

鈍い音とユフィの悲鳴が響いても、使用人たちは誰も動かない。普段ならすぐに駆けつけてくれる彼らは、ディエゴの力に縛られているのか、部屋の隅に並んで立ったままだ。

(うたた寝をさせてるみたいなものって言ってたわよね。まだ切れてないなんて！)

彼らの瞳は曇ったまま、どこか遠くを見つめている。害はないというディエゴの言葉が本当ならいいが、だいぶ心配な様相だ。

「と、とりあえず、どこかに尖ったものはないかしら……このままじゃ刃物も使えないし」

芋虫のようにずりずりと床を這いながら、拘束を解くための何かを探す。低い位置から見上げると、自分の家ながらなかなか壮観だ。

しかし残念ながら、怪我をしないように角を落としている家具がほとんどで、ユフィが望む尖ったものは見当たらない。

「……ッ!?」

ズシン、とお腹に響くような轟音《ごうおん》が聞こえて、息を呑む。

ユフィが床で奮闘している間も、屋敷の外では騒がしい音が響き続けている。聞こえ方から察するに、まだそれほど近くはない。けれど、魔物たちは確実にこちらへ向かってくるはずだ。

(魔物が障害物を気にしてくれるわけないしね！)

ぐちゃぐちゃに壊された公爵家の夜会会場を思い出せば、街がどうなるかなど明白だ。やつらに物を避ける思考などあるはずがない。早くしないと、邸宅区画が酷いことになってしまう。

「くっ……あの悪魔、地味な嫌がらせを！」

家具にもたれかかってなんとか膝立ちまでは体を起こせたが、自由に動き回るには程遠い。せめて足の拘束だけでも解けたら走れそうだが、体を反ってみても指は届きそうにない。

(どうしよう……早く、早くしないと)

焦りだけが胸を焼く中――ふらりと、ユフィの視界に細い指先が飛び込んだ。

「…………」

慌てて顔をそちらへ向ければ、ユフィのすぐ傍にモリーがしゃがんでいた。ただし、瞳は曇ったままで、こちらとは視線も合わない。

「モリー！」

それでも、彼女の細い指先はユフィの背中側の拘束を解こうと、ぎこちなく動き回る。

やがて、隙間に入り込んだ爪が、ぐっと一気に布らしきものを引っ張った。

「解けた！」

ようやく動くようになった両手で、すぐさま足首の拘束も解く。痛くないように加減してくれていたこともあり、ユフィの力でもなんとか解くことができた。

「…………」

モリーは未だ遠くを見つめたまま、ぺたんと床に膝をつく。何も映さない虚ろな表情で……けれどその唇は、ゆっくりと言葉をこぼした。

『おじょうさま、にげて』と。

「モリー、ありがとう！　絶対にこの屋敷は、魔物に襲わせたりしないからね‼」

悪魔に力を使われてなお動いてくれた彼女に、思わず涙が滲む。

大切に想ってくれる彼女を、危険にさらすわけにはいかない。一層強く心に誓ったユフィは、ぎゅっとモリーの体を抱き締めてから、すぐに立ち上がった。

そのまま足を前へ前へと出して、談話室からエントランスに。扉を出て外へ……とはせずに、その奥から通じる使用人用の出入口へ足を向けた。

こちらからのほうが、厩舎には近い。普段は『お嬢様が立ち入る場所ではない』と止められているが、今はそれどころではないのだ。

「いた、よかった……」

扉を二つ続けて開ければ、独特の獣臭さと干し草の匂いが鼻をつく。それらを無視して足を進めると、一頭の馬に鞍《くら》と鐙《あぶみ》がつけられているのが見えた。

恐らくは、ネイトを呼んでくれと頼んだ使用人が使うために準備していたのだろう。

伝言が届いていなかったのは残念だが、裸馬にはとても乗れないユフィとしては、今はありがたかった。

「正直、馬具がついてても自信はないけどね……」

乗馬の経験は教養の一環として嗜んだ程度だ。こんなことなら、普段から馬で移動しているネイトに少しぐらい教わっておくべきだった。

(たられば で後悔するのも何度目かしらね。でも、今はやるしかないわ)

幸い、ユフィの家で世話をしている馬は、人に慣れた大人しい気性の子だ。普段は馬車を引いているが、父や使用人たちが乗って走らせることもある。

「ごめんなさい。私と一緒に頑張ってね」

踏み台を引っ張ってきて跨《また》ると、ユフィの不安を吹き飛ばすように軽く鼻を鳴らす。

本来、人間が怯えを見せると馬は嫌がるはずだが、こちらを気遣ってくれるような動作にユフィも少し気分が軽くなる。

大丈夫だ。時間さえ稼げば、きっとネイトが来てくれる。夜会や森の事件の時は自分の足で魔物から逃げきったのだから、あれよりはずっと怖くない。

「……行こう」

手綱をとり、ぽんぽんと軽く体を叩くと、承知したとばかりに馬は歩き出す。

厩舎を出て庭を横切り、門の前まで来てみれば、すでにあちこちから煙が上がっているのが見えた。そう遠くない場所から、人々の悲鳴と咆哮も聞こえてくる。

「……ごめん。あなたも、怖いわよね」

首を撫でて慰めようとするものの、ユフィの手も震えてしまっている。

魔物が近づいているのだ。誰よりも敏感にそれを察知するユフィが、平気なはずはない。

怖くてたまらないし、本当は今すぐに声を上げて泣きたい。

(でも、それは全部逃げきってからよ)

ユフィがここでまごまごしていれば、それだけ周囲に被害が出る。魔物が自分を狙ってくるとわかっているのだから、人気のない場所に行かなければ。

「正直行きたくないけど、ここからだとあの森が一番よね」

真っ先に思いついたのは、かつて置き去りにされ魔物に追いかけられた、王都にほど近い森だ。

魔物の出現事件があったせいで近づく者はほとんどいないし、付近に住んでいた者の中には引っ越した家もあると聞いている。

大丈夫、ともう一度心の中で自分に言い聞かせて、手綱を動かす。ざっと周囲を見回すが、ディエゴの姿はない。

「……今のうちよ」

恐怖で埋め尽くされそうな頭の中に、必死で森までのルートを思い描く。

人通りは少なければ少ないほどいい。周囲に民家のあまりない、寂れた道のりを。

……そして同時に、最愛の婚約者に祈る。

「ネイト、私行くわ。なるべく早く、追いかけてきてね」

＊　＊　＊

「……ユフィ？」

愛しい少女に呼ばれた気がして、はっと空を見上げる。もちろんその間も、距離を詰めてくる魔物を一薙ぎのもとに屠《ほふ》るのは忘れない。

よそ見をするな、と言いかけた同僚が、そのまま黙ったのが視界の端に見えた。

（こんなになり損ないどもを斬るのは、久しぶりだな）

足元に重なって溜まりつつある死体を、力を込めて踏み潰す。

魔物の出現を告げられてから、どれぐらい時間が経っただろうか。まだ一時間も経っていないはずなのに、自分の思うように動けない時間はひどく長く感じられる。

叶うなら、今すぐにでも翼を広げてユフィのもとへ飛び立ちたいのに、道を遮る魔物たちがそれを許さない状況がずっと続いている。

(剣でちまちま倒している場合ではないのに……)

今のネイトはヒトの騎士としてここにいる以上、それ以外の討伐手段は許されない。苛立ちに任せて剣を思い切りふるえば、二体の魔物の頭が、黒い軌跡を描きながら飛んでいった。

「くそっ……一体どうなってるんだよ⁉　突然なんなんだ、この数」

すぐ隣ではグレイが悪態をつきながらも別の個体を斬り捨てていく。サミュエルが指名していた対策部隊は騎士団の中でも強者揃いだ。

当然、魔物などに後れをとることはないが、どうにも数が多すぎる。このまま剣で対処をしても、殲滅《せんめつ》までにはまだ何時間もかかるだろう。

「落ち着け。この状況で心まで乱していたら、もたないぞ」

騎士たちに囲まれつつも、それに負けず劣らずの戦いぶりを見せるサミュエルが、低く声をかけてくる。

本来真っ先に守られるべき王太子の彼が戦場に出てくれているのは、皆の混乱を鎮めるためだ。王太子が先頭に立って戦っているとなれば、士気も上がるし心意気も変わる。その対象は民だけではなく、剣をとる騎士たちも含んでいる。

「……っ、申し訳ございません、殿下」

「いや、取り乱したい気持ちはわからなくもないからな。だが、我々がそうなっては、皆がますます混乱する。今は一つずつ、事態を解決していこう」

「はっ！」

突然の状況でも冷静さを失わないサミュエルは、改めて指導者になるために生まれてきたような男である。ネイトも感心しながら目を向けると、彼の深海のような瞳と視線が合った。

「……それでネイト。お前は何か知っているのではないか？」

彼の疑念ももっともだ。ここ数日は儀式が行われた形跡もないし、街の防壁が破られたという話もなかった。

急に街の中に大量の魔物が湧くなど、ありえない話なのだ。

それを引き起こせるとしたら、理由は一つしかない。

「殿下も予想はついているのではないですか？」

「予想はある。だが、確信はないな。私はそれを見たことがない。お前は先ほど、黒幕が〝現れた〟と言っていただろう。……そうなのか？」

ほぼ正解の返答をする王太子に、グレイは「えっ」と間抜けな声をこぼしている。

捕らえられた信徒たち、あるいは、信徒にさせられていた者たちが何を信仰していたかを思い出せば、必然的にその答えは見つかるはずだ。

少なくとも、それが〝存在する〟という答えは、歴史書が証明しているのだから。

「どういうことだよネイト、ヒントをくれ」

「魔物ではなく、悪魔が召喚されてこの街にいる。急に大量の魔物が湧いたのはそのせいだ」

「ああ………悪魔⁉」

ついヒントではなく、答えを教えてしまった。

少々大げさなほどの反応をする同僚に対し、サミュエルはほとんど表情を乱さない。魔物よりも上位の存在がこの街にいることに、どこかで気づいていたのだろう。

「おいおい待ってくれよ……悪魔の出現記録なんて、悲惨なものしか見たことないぞ⁉　ほ、本当にそんな化け物がこの街にいるのか？」

「いるぞ、普通にな」

「なんで断言するんだよ‼」

なんでと問われても、少なくとも十年前からこの国にいたから、だ。今もまさにここに。

もっとも、ユフィのためにヒトとしてふるまってきたネイトはカウントされないかもしれないが。

「確信があるんだな、ネイト」

「公爵家の夜会からこっち、違和感だらけでしたので。殿下が俺に〝儀式が増えている〟と言ってきた時には、もういた可能性すらありますよ」

手近な一体を両断すると、美貌の王太子はなんとも言えない表情で唇を噛《か》んだ。

頭のいい男なので、自分が出遅れたのが気に入らないのだろう。

「……悪魔の所在に目星はついているのか？」

「今すぐにそこへ向かってもいいのなら、答えます」

「それは、愛しのユーフェミア嬢のもとへだろう？　王太子としては、許可できない」

「…………」

再度、怒り任せに近くの一体を薙ぎ払うと、今度は全身がバラバラになって飛んでいった。

間近で見たグレイが「惨《むご》い」などと呟いているが、敵に容赦するつもりなどない。

「……ネイト。その行動に、婚約者のもとへ駆けつけたい以外の意味があるのか？」

「そう言ったところで、どうせ信じないだろう。なら、俺もお前には期待しない。魔物を倒さなければ許可できないということなら、全てを殺し尽くすまでだ」

敬語を捨てたネイトの答えに、周囲の騎士たちから小さな悲鳴が上がる。

味方の彼らにも殺気を向けてしまったようだが、もはや気になどしていられない。

（ユフィは、俺が騎士でなくなってもいいと言っていた。なら、これを最後の仕事にしよう）

元々、他の有象無象がどうなろうと知ったことではないのだ。彼らを守ってやっていたのは、その行動が清く正しい騎士らしかったから。ただそれだけだ。

王太子の役に立ってやるのもこれが最後だと思えば、何も考えずに戦える。

（大丈夫だ。俺のユフィは、弱い女ではない。俺が迎えに行くまで、持ちこたえてくれる）

むしろ、自分の立場を考えずに立ち向かってしまうから、そちらのほうが心配だ。

……今のところ、ユフィに危害は加えられていない。その身にもしものことがあれば、契約しているネイトにはわかることだ。

本当はかすり傷一つ負わせたくないが……いや、今はそこまで言っていられない。

無心で剣をふるうと、その度に魔物たちの体が砕けるように飛び散っていく。魔物たちも、自分が『何』と対峙しているかぐらい、知能が低くてもわかるだろうに。

（結果が死しかないとわかっていて向かってくるのだから、遠慮はいらないだろう。なり損ないでも、八つ当たりの的にはなる）

淡々と、しかし確実に屠っていく。これでは端から見たら、きっとネイトのほうが悪役だ。

「お、おいネイト……あんまり無理は……」

ネイトの容赦のない戦いぶりに皆が距離をとる中、唯一グレイだけが恐る恐るといった様子で声をかけてくる。

ネイトが溺愛する妹と知っていてユフィに声をかけたりと、この男は見かけの平凡さとは違って度胸がある。それが早死にのきっかけにならないことを願うばかりだ。

「……なんだ？」

――ふと、魔物たちの動きが変わった。

鼻のあるものは鼻を、目のあるものは目を、ある一方向へじっと向けている。

ひくひくと動かして確かめている様は、軍用犬が匂いを辿っている時に見せる動作と同じだ。

「一体、何が……」

誰かがそう呟くのとほぼ同時に、魔物たちが一斉に、その方向へ向けて移動を始めた。

まるで、それしか見えていないような一直線の行動。突然の変貌に、ネイトだけは心当たりがあった。

（ユフィが、屋敷から出たのか⁉）

彼女には伝えていなかったが、セルウィン伯爵邸にはネイトの結界が施されている。といっても、察しのいい者にバレないように、本当に気休め程度の結界だ。

件の悪魔も普通に近づけていたようだし、力のある者にはほとんど効果はない。

それでも、ないよりはマシだったのに——ユフィはそこから出てしまったらしい。

（近くに悪魔の気配はない。じゃあ、一人で外に出たのか‼）

悪魔の気配は少し前に消えたまま、今も雲隠れしている。ユフィに危害を加えたわけでもないようなので、どこかで見ているのだろうが、今は後回しだ。

「魔物どもはどこへ行くつもりなんだ……？」

「恐らく、例の事件が起きたばかりのあの森だ。あそこなら、今は人がいない」

「えっ？　ついこないだ魔物が出た、あそこか⁉」

人気のない場所へ向かっているのなら、ユフィ本人が行き先を決めたとわかる。狙われると自覚しているからこそ、ユフィがとりそうな手段だ。

「――王太子殿下、今度こそここを離れる許可を。代わりに、魔物も悪魔も全部俺が殺してやる」

「おい、ネイト⁉ 急に何を言い出すんだ⁉」

行き先がわかったなら、ネイトがとる行動も一つだ。

すぐさまサミュエルに進言すれば、途端に周囲から声が上がる。

「………………」

それらを無視して、じっとサミュエルだけを見つめる。ネイトが人間ではないことにうすうす気づいている彼ならば、ネイトの発言が〝本当に可能〟だとわかるはずだ。

「俺一人でいい。誰も巻き込まない」

「……この先の森に、ユーフェミア嬢がいるのか？」

「魔物も、黒幕の悪魔もいる。俺が向かってもおかしくないはずだ」

「私が断ったら、お前はどうする？」

「――邪魔をするなら、お前も俺の敵だ」

はっきりと告げた言葉に、騎士たちが一歩後ずさるのが見える。

……近衛が主君から離れてどうするのだ。対峙した王太子は、脂汗をかきながらもネイトから目を離さずにいるというのに。

「……っ」

ふーっと、深く長い息がサミュエルの口からこぼれる。

次いで彼は、汗で張りついた前髪を乱暴にかき上げると、ネイトに背を向けて周囲の建物のほうに向き直った。

「今この街に悪魔が出現している！　皆、門戸を固く閉ざし〝絶対に外を見ない〟ように‼　これは、王太子サミュエル・ジェイド・ノークスの命である‼」

指示をし慣れた男の声は、魔物の襲撃にざわめいていた街に響き渡る。

直後、荒々しく扉を閉めたり鍵をかけたりする音が、あちこちから聞こえてきた。ついでに、騎士たちがサミュエル同様に、ネイトに背を向ける音も。

「……これが、私にできる精一杯だ。これで構わないか？」

後ろ向きのまま答えたサミュエルの声は、先ほどとは違って震えている。

やはりこの男は、ネイトが人外だと勘づいていて――御せる者ではないこともわかっている。

この行動はつまり、〝誰にも見せないから早く行け〟という返事だ。

「充分だ。……一つ借りができたな」

思った以上に完璧な対応をされて、つい口角が上がってしまう。

やはりサミュエルは、王の器に相応しい男だ。この場において、もっとも危険なものが何なのかを理解し、民を救う最善策を選べている。

「私はまだ、優秀な騎士を失いたくないのでな」

苦笑交じりの声は、選択が正しかったことに安堵しているのか、いくらか落ち着いたようだ。

ネイトも頷きを返し、森へ向かって走り出す。

わざわざ『誰も見るな』と場を整えてくれたのだ。ならば、待機させていた馬など使っている場合ではない。

剣を前に構えたまま、ヒトの常識を超えた速度で駆ける。

それはきっと、ユフィに伝えた通りに――音よりも、速く。


「……ネイトに、殺されるかと思いました」

「私もだ。だからこそ、あれを我が国から手放すのは惜しいし、恐ろしい」

「違いないです」

そんな彼らの会話など、ネイトは知る由もない。

＊　＊　＊

（いや、無理無理！　死んじゃう‼）

住宅街を抜けて、整えられていない道を馬で走りながら、ユフィは手綱を握り締める。まるでそれが、自分の命綱であるかのように。

いや事実、馬を動かす唯一の手段である細い革が、ユフィの命運そのものと言ってもいい状況だ。馬を失った瞬間、生存確率は確実にゼロになる。

（こんな数の魔物、一体どこから呼び寄せたのよ……）

ディエゴがばら撒いたと言っていた通り、街の中に出現していた魔物の数は、ユフィの予想をはるかに上回るものだった。

見渡す限り魔物に視界を埋め尽くされる光景は、ユフィの体質がなかったとしても恐怖と絶望以外の何ものでもない。

それも、大きさも形も多種多様な魔物が召喚されている。獣に似たものはまだ恐ろしいだけで済むが、ユフィが苦手な虫などに似た形のものは生理的な嫌悪感まで湧き上がり、心臓が何度止まりそうになったことか。

なんとか森まで辿りつくことはできたが、正直なところ、よく手汗で手綱を離さなかったと自分で自分を褒めたいほどだ。

（ここまでは来られたけど、本当にきつい！）

周囲からは、絶えず魔物の奇妙な咆哮と、地響きのような足音が聞こえてくる。

あまりのうるささに、屋敷を出て数分で耳が麻痺《まひ》してしまった。大きな音が得意ではない馬も、本当によくここまで頑張ってくれている。

だが、苦労した甲斐あって、他の人を巻き込む心配はなくなった。

ユフィの予想通り、一月ほど前に事件が起こったばかりの森には、人気がまったくない。

街が戦場になるなら逃げてくる者がいるかもしれないと心配していたが、どうやらほとんどの住民は家に立てこもることを選んだようだ。

（後はネイトが来てくれるのを待つだけだけど、どこまで耐えられるかしら）

跨っているだけのユフィですら、下半身に力が入らなくなってきている。四方をずっと化け物に囲まれて走り続けた馬が、後どれぐらい持ちこたえてくれるか。

（ごめんね……もう少しだけ、頑張って）

普段は客車越しにしかかかわらない馬に、心からの声援を送る。この一件が無事に終わったら、使用人たちに頼んでとびきりのご馳走をこの子にあげてもらおう。

だから今は、一歩でも前へ――。

「なんだ、こんなつまらないところに来ちゃったのか」

そんなユフィの耳に……否、頭に直接声が響いてくる。

自分の息遣いすらわからない騒音の中で、他人の声が聞こえるはずがない。

（あの悪魔……！）

慌てて顔を上げれば、ユフィと並走するように空を飛ぶディエゴの姿が視界に飛び込む。

ふわりと風になびく衣装だけを見れば、天使が降りてきたと錯覚しそうだ。

「まるでおとぎ話の鼠《ねずみ》を連れていく笛吹きのようだね。なり損ないどもは君がいるところに集まるのだから、もっと人の多いところへ行ってくれないと面白くないな」

（そう思ってくれるなら、頑張った甲斐があるわ！）

皆に被害を及ばせないために走っているユフィにとって、ディエゴの『面白くない』は褒め言葉も同然だ。

ふんっと鼻で笑って返せば、彼の整った顔がわずかに歪んだ。

「まあ、せいぜい頑張るといいよ。なり損ないどもの数が足りないならまた召喚すればいいし。いざとなったら、君を殺してしまえばネイトはぶち切れるだろうし」

（そんなことをしたら、あなたのほうが殺されてしまうでしょう）

今度はユフィが眉間に皺を寄せると、ディエゴはにやりと笑って長い上着の裾を翻す。〝全て承知の上〟とでも言っているかのようだ。

（命をかけてまでネイトが力をふるう姿を見たいなんて、どれだけ熱狂的なファンなのかしら。魂を代価に願いを叶えていると、死に対する感覚がおかしくなるのかも？）

何にしても、ユフィには理解しがたい心理だ。この悪魔とは、きっと一生相容《あいい》れない。

（とにかく、魔物にもこの人にも捕まるわけにはいかないわ！）

ディエゴと話している間にも、魔物たちは着々と距離を詰めてきている。鋭い爪が、あるいは牙が、いつ襲いかかってきてもおかしくない。

ユフィも馬も体力が限界な中、ディエゴにまで煽《あお》られるわけにはいかないのだ。

振動で痺《しび》れて感覚がなくなってきた足に、これで最後だと気合いを入れる。

この後しばらく動けなくなったとしても、ここだけは乗り切りたい。

「……ああ、まだそういう顔するんだ」

にやにやと笑っていたディエゴの声が、泥に沈むように低くなる。

(なに……？)

直接聞こえるせいで遮断できないが、大人しく聞いている余裕もないユフィは、ひとまず無視しておく。

すると、彼はユフィが座っている鞍のすぐ後ろに、トンと片足で降り立った。

「なっ⁉」

とっさに左腕をふって落とそうとするが、逆にその腕を摑まれてしまう。

乗馬に慣れていない上、ここまで走ってきてすでに体力が限界のユフィは、これ以上動いたら落馬してしまう。

「は、離して！」

「この状況で『まだ諦めません』みたいな顔をされるの、本当に不愉快。周囲は魔物だらけ、乗っている馬は息も絶え絶え、絶体絶命ってやつでしょう？　弱い人間らしく、ちゃんと絶望しなよ。どうか助けてくださいって悪魔に懇願しなよ、ねえ」

「痛、い……！」

強く握られる痛みに涙が滲む。これ以上腕を引かれたら、体勢を崩して落ちてしまいそうだ。

（この人、ネイトの力を見たいんじゃなかったの？　なんで私にまで絡んでくるのよ！）

ぐいぐい後ろに引っ張られるせいで、上半身が傾いてしまう。

（駄目だ！　落ちる‼）

ぐらりと傾いていくユフィの体に、追ってくる魔物たちから歓声のような咆哮が上がる。

妙にゆっくりと過ぎ去る景色の中、落下の衝撃に備えて目を閉じようとしたユフィの視界に——

凄《すさ》まじい勢いで何かが飛び込んできた。

それは放たれた矢か、あるいは流れ星のようにまっすぐに。


「忠告はしたはずだ」


影を置き去りにするほどの猛スピードで飛び込んできたそれは、馬上のディエゴの頭を勢いよく蹴り飛ばす。

続けて、落下しているユフィの後頭部に、ぐっと大きな手のひらを差し込んだ。

（あ……）

矢でも星でもないと気づいた時には、ユフィの体は砂煙を上げて着地した男の腕の中に抱えられていた。勢いの止まらない馬と、背後の魔物たちがユフィを置いて駆けていく。

「ッ、馬が！」

「わかってる」

とっさに声を上げたユフィにも短く応えると、腰に差した剣の柄を右手だけでぐっと握る。

そして、体勢を整えることもなく、ふり抜く勢いのまま一閃。

ドン、と。稲妻が落ちたような音と共に、周囲にいた魔物——十や二十ではきかない数——は全て、物言わぬ躯と化して転がっていた。

（本当に、とんでもない強さだわ……）

ディエゴが言っていた通りだ。同じ悪魔といっても、確かに彼は格が違う。

ほぼ絶望しかなかった状況を、わずか数秒足らずで覆してみせるなんて。

未だ震えている視界に、躯の奥からヨタヨタと近づいてくる馬の姿を捉えて、張り詰めていた空気からようやく解放された気がした。

「……ネイト」

左腕一本でユフィの体を支えていた彼に、そっと寄り添う。

これだけの動きを見せてなお、彼の純白の制服は微塵も汚れておらず、美しいままだ。

彼がずっと目指してきた、清らかで正しい騎士の姿のまま。

「怪我はないか？」

「うん。あなたが来てくれたから」

騒音にさらされていた耳はまだよく聞こえないし、馬にしがみついていた下半身は笑えるぐらいに力が入らない。

それでも今、五体満足でネイトの腕の中にいる。この幸運をしっかり噛み締めたい。

「お前は本当に、大して乗れもしないのに馬で逃げるなんて……俺のいないところで落ちたらどうするつもりだったんだ。馬車と違って、座っていたら目的地へ連れていってくれるわけじゃないんだぞ？」

「本当にね。乗り手思いのいい子でよかったわ」

「お前が屋敷から出たと気づいて、俺がどんな気持ちでここまで走ってきたと思っているんだ。うっかり王太子を脅して来たんだぞ？」

「それは後で色々と怖いけど……でも、他の人を巻き込まないためには、これが最善だったでしょう？　きっと同じ選択をするって、あの夜会の帰りにも伝えたはずよ」

「俺も、それは嫌だと伝えたはずだがな」

ずっと険しい表情のまま、ネイトは腕の中のユフィをじっと見つめる。

……やがて、観念したかのように右手の剣を投げ捨てると、両腕で力いっぱいユフィの体を抱き締めてきた。

「ユフィ……ユフィ、無事でよかった」

ぎゅうぎゅうと締めつけるような強さの奥から、びっくりするほど速い鼓動が聞こえてくる。

あのとんでもない力を見せつけた直後にこうなるのだから……本当に愛しくて仕方ない。

「ごめんなさい。ありがとう、ネイト」

「本当に、今すぐにでも結婚したい。ユフィの婚約者でいると、命がいくつあっても足りない。いつでも心配で死にそうだ」

「さ、さすがにそこまでじゃないと思うけど……」

ただ、乗馬が得意なわけでもないユフィがここまで逃げ切れたのは、本当にあの馬が頑張ってくれたからだ。そうでなければ、今頃魔物のお腹の中にいてもおかしくない。

（運がよかった、としか言えないものね。今回は怒られて当然だわ）

行動を後悔してはいないが、ネイトの胃に穴が空いても困るので、今後はもう少し考えてから行動するべきかもしれない。

「う……」

彼の温もりを堪能していると、バキバキと木や枝が折れる音と共に、足音が近づいてくる。

魔物と比べれば小柄に見えてしまうそれは、ネイトに馬上から蹴り落とされたディエゴだ。

周囲がうるさすぎたのと、余裕がなくてそちらを見ていなかったが、木々を何本も巻き込んで倒れていたらしい。

ディエゴが悪魔でなかったら、きっと体がバラバラに千切れていたことだろう。

（人間だったら、五回ぐらい死んでるわね……）

飛び蹴り一発でこれなのだから、本当にネイトの強さは群を抜いている。

……そして、彼の周囲には残りの魔物の群れも見受けられる。

まだまだ気が遠くなりそうなほどの数が生きているようだが、先にやられた軀たちを盾にして、それ以上近づいてこない。

魔物たちも、ネイトの恐ろしさを本能で感じ取っているのだろう。

「……首のその傷、刑罰で使われる能力封じを使った痕だろう。そんなもので弱さを偽装してまで、俺に用があったのか？」

ディエゴに視線だけを向けたネイトは、ぞっとするほど冷たい声で問いかける。

ユフィを抱き締めてくれた温かい人とは、まるきり別人だ。

「ええ、もちろん。このままの僕で会いに行ったら、どうせすぐに殺しただろう？　君には、どうしても話を聞いてもらいたかったからね。……皆が楽しみに待っていたんだよ。君が、その強大な力を正しく使ってくれるのを、十年待っていたとも！」

「…………」

鼻からも口からも血を流しながら、ディエゴはカッと緑眼を見開く。

彼の話だけを聞いていた時は、ネイトの熱狂的なファンだと思っていたのだが……こうして本人と対面して聞くと、彼の訴えからは違う思いが感じ取れるような気がする。

(弱いふりをしていた時から、ネイトに憧れているんだなと思ってたけど……これって)

彼の視線には、肌を焼くような熱が感じられる。

言葉にするなら、そう――〝嫉妬〟だ。

「正しい使い方、か……」

「ネイト?」

ふいに、ネイトがまた左腕一本でユフィを支え直す。

自由になった右手で肩を撫でると、バサッと大きな音を立てて真っ黒な羽が広がった。

ディエゴのものとは形状が違う、カラスのような美しい羽だ。

左側の羽は、そのまま腕と同様にユフィを包み込み、右側の羽はネイトの動きに合わせて、大きく開いていく。

「…………」

ディエゴも食い入るようにじっと、ネイトの一挙一動を見つめている。

その視線にあえて応えるように、ネイトの右手のひらがすっと彼のほうに向けられて……。

「――散れ」

次の瞬間、音とも振動ともつかないとてつもなく大きな衝撃が、ユフィの体にも圧《の》しかかってきた。

「ひっ……!?」

ネイトの腕に支えられているにもかかわらず、まっすぐに立つことも難しい。

まるで、頭を直接掴んで揺さぶられているようだ。視界が定まらず、ぎゅっと両目を閉じて眩暈《めまい》に耐える。

「……悪い、ユフィ。大丈夫か？」

「大丈夫じゃない……っ！　なんなの!?」

突然の出来事に、ネイトにしがみついて耐えることしばらく。

きっと実際には、ほんの何秒かの出来事だったのだろう。

（お、治まった？）

ようやく揺れなくなった地面に手をつき、恐る恐る目を開けてみると、そこに映ったのは妙にさっぱりとした森の景色だった。

「……え？」

ユフィが逃げてきたことで、ずいぶん荒れてしまった遊歩道と、あちこちで倒れまくっている木々。

それが、何にも遮られることなく見えるのである。

「なんで？　だって、さっきはまだ」

まだ、群れと呼べるほど大量に、魔物が残っていた。

それこそ、木々よりも大きな図体のものもいたので、周囲の景色が見えるはずがないのに。

軀どころか欠片《かけら》一つもなく、魔物の姿が完全に消えていた。

「魔物はどこへ行ったの？　もしかして、ネイトが召喚される前の場所へ帰したとか？」

「いや、普通に倒した」

「倒した⁉」

あっさりと告げられた答えに、思わず声が裏返る。

ユフィにはネイトが何か攻撃をしたようには見えなかったが、もしかして、あの激しい振動こそが攻撃だったのだろうか。

（これって、悪魔として力をふるうとどうなるかを示したってこと？）

剣を使って戦ってもとんでもなく強かったというのに、悪魔としての力を解放したネイトには、あの山のような魔物の群れすらも障害にならないのか。

これができるのなら、彼がもどかしいと言うのも納得だ。

「本気を出したら秒で終わるのね……。それは、チマチマ戦いたくなんてないわけだわ」

「剣で戦うのも嫌いではないけどな。ユフィが格好いいって喜んでくれるから」

それが理由なのはどうかと思うが、実際に格好いいので仕方ない。

しかし、こんな圧倒的な力を見せられてしまうと、これまでネイトがいかに力を抑えて暮らしてきたのかがよくわかる。

人間なんて、彼にとっては風に舞う木の葉よりも脆弱《ぜいじゃく》な生き物だろう。よく殺さずに接してこられたものだ。

ネイトがどれほど強いかをユフィに語ってきたディエゴ本人も、さっぱりしすぎてしまった景色に呆然《ぼうぜん》と立ち尽くしている。

ディエゴの言っていたことは、ある意味では正しかったのだ。

（ディエゴさん……）

さて、どんなことを言ってくるのか。ネイトにしがみついたまま、ユフィも彼の動向を窺う。

やがて、彼の唇からは「どうして……」という消えそうな呟きが落ちた。

「どうして、とは？　これが、お前の言う正しい力の使い方なんだろう？　見たいと言うから見せてやったぞ、喜べ」

「だから……わかってるなら、どうしてこれを使わないんだッ!?」

途端に彼は、喉が張り裂けそうなほどの声で叫んだ。

光を取り戻した目には、うっすらと涙の膜まで見える。

「あなたは、少し力を使っただけで、これだけのことができる存在だ！　本気を出せば、世界を掌握することすら容易《たやす》い！　それができるのに、何故こんなところで小娘のために燻《くすぶ》っているのですか⁉　たかが一人の人間のために、あなたは十年も消費していい存在ではないでしょう‼　何故、どうしてですか⁉」

途中からは再び敬語に戻りつつ、ディエゴはネイトに訴えかける。ユフィには彼の声が、血を吐いているようにも聞こえた。

「そんなことを言われてもな」

一方でネイトは、心底面倒くさそうに息をついた後に、右手でユフィの手を取る。

清廉を意味する白い手袋で覆われた手で、そっと宝物に触れるように。

「俺にとっては、世界征服よりもユフィの〝きれいなおにいちゃん〟でいることのほうが価値があったからだ」

「――――え」


この男は、この真面目な空気の中で何を言い出すのか。

さすがに冗談を言う雰囲気ではないだろうとネイトの顔を見れば、彼は正真正銘真面目な顔で〝きれいなおにいちゃん〟と口にしていた。

これが本気というのは、ユフィも驚きだ。ディエゴなど、顎が外れそうなほどに口を開けて呆然としている。

「〝きれいなおにいちゃん〟でいること？　それが、そんなものが、あなたにとっては時間をかけるに値する願いだったのですか？」

「そうだ。結構大変なんだぞ、清く正しい人間として生きるのは」

（いや、そんなことは聞いてないと思うわ）

大真面目に答えるネイトに、ディエゴの体がわなわなと震え始める。

……なんだか、ディエゴのほうが気の毒になってきた。

「契約の詳細も聞きました。あなたのそれは、願いではなくただの聞き違いだったとも。なのに、それでもまだ、その小娘一人のために時間を無駄にするのですか⁉」

「俺がユフィの傍ですごすための時間に、無駄なんて一つもない。お前とこうしてわけのわからない会話をしているほうが、よほど無駄だ」

「そんな……っ！」

昂《たかぶ》っていたディエゴの顔が悲痛に歪む。

ネイトは疑いようがないほどキッパリと答えているにもかかわらず、どうしても認めたくないらしい。

（そりゃあ認めたくないわよね。気持ちは少しだけわかるわ）

ディエゴの唇からは、小さな声で絶えず「なんで、どうして」とこぼれている。

――答えられるとしたら多分、『ネイトがそういう性格だから』だ。

「お前たちにとっては、〝力はこう使うべきだ〟という信条のようなものがあるのかもしれないが、俺の知ったことではない。他人に自分の価値観を押しつけるな。俺には、世界なんかよりも、ユフィの伴侶になることのほうがよほど大切だ」

「ネイト……」

本音を言うと、世界と比べられても困るのだが、それほどまで想われて嬉しくないはずもない。暴れて今にも飛び出てきそうな心臓を押さえつけて、ユフィはわずかな隙間もないぐらいに体をくっつける。

ディエゴには申し訳ないが、こんなネイトのことがユフィも世界一好きだ。

『世界征服ができるぞ』と言われても、絶対にネイトと結ばれる人生のほうを選ぶだろう。

「お前のその羽の形状、精神干渉系の力を得意とする悪魔だろう？　繊細な操作が得意なら、自分で世界でもなんでも牛耳ればいい。それを望む契約者など、いくらでもいるはずだ」

ほんの少しだけ語尾を柔らかくして告げるネイトに、ディエゴはどこか自嘲気味な笑みを返す。

羽の形状が違うのは、能力の系統が違う悪魔だからのようだ。

（確かに、蝙蝠《こうもり》って力強い飛行よりも、振動や音を感知する特性があるものね）

悪魔にも色々あるんだ、なんて漠然と考えていると、ディエゴはへたりと地面に座り込んでしまった。

「それでも僕は、あなたの圧倒的な強さに憧れていましたよ。戦略も何もなく、ただ力で全てをねじ伏せられる純粋な強さが羨ましかった。今回もきっと、街を落とし、国を落とし、全てを平らげてくれると……僕たちにはできない世界を見せてくれると信じたかった」

「それは、褒めているのか貶しているのかどっちだ」

聞きようによっては『脳筋だ』と貶されているようにも感じるディエゴの言葉に、ネイトは若干不服そうに眉を顰めている。

だが次の瞬間、ふっと一息ついた後に、

「よっ」

「ぐあっ⁉」


腰に留めていた鞘《さや》を、ディエゴの頭に投げつけた。

「ネイト⁉」

顔面で鞘を受けてしまったディエゴは、そのまま地面に倒れてピクリとも動かない。

首は繋がっているので死んではいないと思うが、いきなりの行動にユフィも驚いてしまった。

「い、いいの？　そんな乱暴なことして……」

「いいも悪いも、こいつは今回の騒動の黒幕だぞ？　召喚儀式を無理矢理行わせて、魔物を街に招いた首謀者だ。ユフィが頑張ってくれたおかげで死者こそ出なかったが、公爵邸に続いて街のあちこちが壊されているからな」

「あ……それは確かに」

この森に来るまでの道のりを思い出せば、それはもう惨憺《さんたん》たるものだ。

国王のお膝下として栄えていた街並みは、あちこちで甚大な被害を受けている。修繕で済むならまだしも、建て直しになるものもあるだろう。

「それに、召喚儀式を行った人間には死者も出ている。本物の悪魔崇拝者ならまだいいが、この馬鹿が洗脳して儀式を行わせた無関係の人間もいるんだ。罪は軽くない」

「……ッ！」

ネイトが低い声で続けた事実に、ユフィの体温が一気に下がる。

街の中に魔物が現れたということは、どこかで召喚儀式が行われたということだ。

ネイトたち騎士団の情報網を逃れていたのなら、まったく関係ない人間が術者に仕立て上げられてしまった可能性も高い。

「直接手を下していなくとも、こいつはヒトの法では重罪。そして、悪魔としても罪人だ」

「この場合は、どうしたら？　捕まえて、王太子殿下のところに連れていけばいいの？」

「いや、この国の法で悪魔は裁けないだろう。だから、俺たちのルールで罰を与える」

ネイトはくっついたままだったユフィの背を優しく撫でると、鞘を投げた右手の人差し指で、くるんとディエゴの上に円を描く。

直後、倒れ込むディエゴの体の下から、光が溢れ出す。これは物語などで見る『魔法陣』というやつだろうか。

（こういう、いかにも魔法っぽいこともできるのね）

幻想小説もそれなりに読むユフィとしては、少しそわそわしながら様子を窺う。

「きゃあっ⁉」

だが、魔法陣から真っ黒な手が四本ほど伸びてきたところで、ネイトの羽を引っ張って視界を覆い隠した。幻想話と思ったら、どうもホラーだったようだ。

「な、なに今の……」

「『断罪者』と呼ばれる存在だ。悪魔にもルールがあると言っただろう？　それを破った者はああして連れていかれて、死んだほうがマシな目に遭わされる」

「死んだほうがマシな目……」

痛い話が得意ではないユフィには、想像もつかない言葉だ。だが、罪のない人間を何人も犠牲にしているのだから、その罪はちゃんと償ってもらいたい。

（うう、変な音がする……）

視界を隠したので見えないが、地面からはズルズルと何かを引きずるような音が聞こえている。

やがて音がやむと、ディエゴの体は痕跡一つ残さずに消えてしまっていた。

森に残ったのは魔物によって荒らされた跡とユフィたち二人。

そして、疲れた様子で鼻を鳴らす一頭の馬だけだ。

「……これで、終わったのかしら？」

「ああ、今回の騒動は終わったな」

ネイトの羽をそっとどけると、静まり返る傷だらけの森だけが見える。

今回も慌ただしかったし、ユフィはまた無理をしてしまったが、大きな怪我をすることもなく生き残れたようだ。

「……ユフィ」

「んっ」

ふと、呼ばれて顔を上げれば、彼の唇がユフィの唇に触れた。

ほんのりと、互いの存在を確かめるだけのささやかな触れ合い。

それでも、ずいぶん久しぶりのキスだ。

抱き締められたり、寄り添っているだけでももちろん幸せだが、やはり唇同士のキスは恋人しかできない特別なものという気持ちになる。

ちゅ、ちゅ、と小鳥が啄《ついば》むように何度も軽く触れ合って、またネイトの腕の中に閉じ込められる。

今度は二本の腕の上から羽にも覆われるので、より完璧なネイトの檻だ。

「……ちゃんと、いるな」

「もちろん」

「まったく、世界を征服するほうがよほど簡単だぞ。婚約者としてユフィを守りきるほうが、はるかに難しい」

それは申し訳ない、と思いつつ、ユフィは目を閉じる。ネイトの顔は見えないけれど、砂糖よりも甘く微笑んでいるだろうと、声から想像できた。

全身に伝わる温もりと、彼の匂いが嬉しくてたまらない。

きっとこの愛しい悪魔に、ユフィは身も心も魂ごと奪われてしまった。

この先、何があっても、ずっと愛している。

少々砂っぽい空気が漂う中、この日ようやく悪魔と魔物に関する騒動は幕を下ろした。

終章　二人で紡ぐ物語の続き

――悪魔崇拝者たちによる、召喚儀式騒動。より正確には、悪魔ディエゴによるネイトを巡る騒動が落ち着いてから、早十日が経った。

街の中はあちこちで修繕工事が進んでおり、普段とは違う賑わいを響かせている。

ユフィはあまり街に出ないので詳しくないが、この機会に改装して心機一転という店舗も多数あるようなので、工事が落ち着いたらまたモリーたちと買い物に行ってみたいと思っている。

そのモリーたちは、騒動の後はいつも通りに仕事に復帰している。

ディエゴから直接精神干渉とやらを受けてしまったので心配していたが、特に後遺症などもなく元に戻れて本当によかった。

ただ、ディエゴにかかわる記憶がどうも曖昧なようで、彼の容姿や何を話したかなどについても、皆ほとんど覚えていなかった。

彼の術にかかりながらもユフィを助けてくれたモリーは、覚えていないなりに『とにかくお嬢様のお力になることだけを考えていた』と笑っていたので、彼女はユフィにはもったいない侍女だと改めて実感している。

その献身に応えられるようユフィも努力しつつ、できれば彼女が辞めたいと言うまでは、傍にいてくれることを願いたい。

とにかく、ユフィを含めたセルウィン伯爵家は、家屋にもほぼ被害はなく、事件後すぐに平穏を取り戻すことができた。

この幸運を噛み締めて、これからも穏やかに暮らしていきたい。

ちなみに、あの日ユフィと共に逃げた馬も、この家で元気に暮らしている。

もちろん、獣医にちゃんと診てもらった上でたっぷりと休養をとらせたが、幸いどこにも怪我は負っていなかった。先日からまた、伯爵家の馬車を引いてもらっている。

これまでは直接触れ合うことも少なかったが、今後は苦難を共にした仲間として、馬たちとも交流を増やしていきたいところだ。

そんな感じで、ユフィの周囲は比較的穏やかなものだが、ネイトが務める騎士団、そして王城のほうは、まだまだ慌ただしい日々が続いているらしい。

一つ進展として、王太子サミュエルが推していた『この国で悪魔崇拝を禁止する』という法案は、近日中にも可決される見込みとのことだ。

今回の騒動を引き起こしたのが彼らであること、また、黒幕が本物の悪魔だったと恐れられていることからも、反対は少ないだろうと言われている。

もちろん、宗教という信仰の自由に切り込むので、対処は慎重にしていくべきだが。

高確率で人死にが出てしまう儀式や、他者を巻き込むことを厭《いと》わない思考など問題も多々あるので、ユフィとしても禁止してくれるなら安心だ。

それに、この国に残る悪魔はネイト一人だけでいいし、彼を愛するのもユフィだけでいい。親愛や友情なら歓迎するが、崇拝や信仰は遠慮して欲しい。

(そういえば、ネイトが王太子殿下に気づかれたかもしれないって言ってたのよね)

魔物が大量発生したあの日、人間のふりをしたままでは、ユフィを助けに行くのがどうしても間に合わなかった、と。

それで、ちょっと本気を出して駆けつけてくれたらしい。

助けられた側としてはありがたいのだが、ネイトが十年我慢してきたものが無駄になってしまったのだとしたら、やっぱり申し訳ない。

いざとなったら、契約者としてユフィが説明しようとも考えていたが……。

実際には、こちらの心配などどこ吹く風といった感じで、王太子殿下からも養子先のファルコナー侯爵家からも、なんの報せもない。

むしろ、ネイトが責任をとって騎士団を辞職しようとしたら、止められたとのことだ。

(多分、バレてないってことよね。羽さえ出さなければ、外見はヒトと同じだし)

だがもし、ネイトを人外だと知った上で騎士を辞めるなと言っているのなら、引き止めている人物たちはなかなかの豪傑だ。

ユフィですら、最初は人外のネイトがとても怖くて、一緒にいるなんて考えられなかった。彼が命の恩人だと知っていても恐ろしかったのだ。

（騎士団の人たちも、ネイトに救われた経験はあるだろうけど。それでも、普通は人外……いえ、悪魔を騎士団に置きたいとは思わないわよね）

……まあ、王太子サミュエルは『使えるものは全部使う』という人物だと聞いているので、ネイトが恐ろしく強い人外だと知れば、ますます近衛騎士へと勧誘するかもしれない。

幸いにもネイトは、ちょっと得体が知れないだけで、言葉は通じるのだから。

何はともあれ、騒動の後もネイトは騎士として働いており、毎日忙しい生活を送っている。

足繁《あししげ》く通いすぎて怒られていたセルウィン伯爵邸にも、騒動の後にユフィを送り届けたのが最後で、十日間も顔を見せにも来なかったのだ。

そして迎えた今日、大事な用があると、ユフィは〝一人で〟ネイトに連れ出されていた。

（モリーも連れてきたら駄目って言われたから、止めるのが大変だったわ）

魔物にかかわる事件に何度も巻き込まれているせいで、モリーを筆頭にセルウィン家の使用人たちは皆どんどん過保護になり始めている。

今日だって、ネイトが屋敷まで迎えに来なければ外出禁止と言われたほどだ。

（そりゃあ、この短期間で三回も命の危機にさらされているものね。止められて当然か）

ユフィだって早死にしたいわけではない。ただ、周囲に被害が及ぶぐらいなら、狙われやすい自分が動くべきだ、と思っているだけである。ネイトはそれを嫌がっているのだけど。

「……よし、この辺りでいいだろ」

ファルコナー侯爵家の馬車で迎えに来てくれたネイトは、屋敷を出てすぐに街外れへ向かい、ユフィの知らない建物の前で停車した。

建物……というよりは、建物だったもの、だ。元は二階建てだったように見えるが、残念ながら下の階しか残っておらず、さらに壁が半分ほど抉り取られてなくなっている。

「ここはどこ？」

「先日の騒動で、魔物の召喚儀式が行われたと思われる場所の一つだ。ここの術者は運よく一命を取り留めたからいわくつきの場所じゃないし、建て替え工事は来月以降らしいからな。ちょっと話し合いの場として借りた」

「なるほど……」

天井はなくなっていても壁はあるので、ある程度は周囲から隠れることができて、かつ密室にはならない場所ということらしい。

元がなんの建物だったのかはもうわからないが、許可をとっている上、騎士制服を着たネイトがいる場所に、野次馬が近づいてくることもないだろう。

侯爵家の御者もしっかりと教育されているようで、ちゃんと御者台に座ったまま待機している。

「それで、なんのお話？」

「あの長髪の悪魔……ディエゴだったか？　あいつの処遇についてだな」

「あ……」

なるほど、それは確かにユフィ以外には聞かせられない内容だ。

無意識に緊張しつつも首肯を返すと、ネイトはあの日のように指先でくるりと円を描く。

途端に、地面が円形に輝き、同じように出入口として機能し始めたようだ。

（今日も急に手が出てきたら嫌だな……）

身構えつつ円を見守っていると、前回よりもずっと人間らしい手が二本這い出てくる。

その両手を支えにした何かは、勢いをつけて円から身を乗り出すと、ユフィが止める間もなく外へ出てきてしまった。

（で、出てきた⁉）

全身に黒いローブを被ったそれは、姿形は人間のようだ。羽は出ていないが、また新たな悪魔なのだろうか。

「えっと……」

『おや、君がネイトの契約者かい？』

戸惑うユフィに、全体的にエコーがかかったような声が問いかけてくる。

はっとして目線を合わせようとすると……黒ローブの頭の部分にはあるべき顔がなく、真っ暗闇が広がるばかりだった。

「うわ！」

思わず何歩か後ずさりしてしまう。

ひとりでに動くローブなんて、間違いなく人間ではない。固まってしまったユフィに、黒ローブは闇しか見えない体をけらけらと揺らしてみせる。

『なるほど、あまり説明をしていないのか。よくないね。我々悪魔は魂をもらうんだから、信頼関係は大事だよ』

「どの口が言うのだか。それに、急に話しても戸惑うだけだ。俺たちは近いうちに夫婦になるのだから、時間は沢山ある」

からかうような仕草の黒ローブに、ネイトは平然としたまま話しかけている。

悪魔といえばネイトやディエゴのように褐色の肌に黒い髪の整った容貌の存在だと思っていたが、他にも種類があるようだ。

『お嬢さん、驚かせてごめんね。ただ、ワタシをそういう種類の悪魔だと思っているのなら誤解だよ。ワタシは今回、正しい方法で呼ばれていないから、実体を持たないだけだ。受肉できるのは、ちゃんと召喚儀式を通った悪魔だけだからね』

「あ……そういえば、そんなことを聞いた気がします」

黒ローブの悪魔は、軽そうな布の体で丁寧にお辞儀をしてくれる。紳士の所作なので、きっと実体を持ったら男性型なのだろう。

　それにしても、召喚にしろ契約にしろ、悪魔は本当にルールが厳しいらしい。

「それで、あの悪魔はどうなった？」

　雑談を遮るようにネイトが急かすと、黒ローブはゆるりと首を横にふってから、呆れたような様子で語り始めた。

『とてもよろしくないよ。あいつ、誰とも契約を結ばずに勝手をしていたからね。しかも、いくつも出入口を作らせてなり損ないたちを動かしたり、無関係な人間を殺めたり、罪が多すぎる。ひとまず羽をとられたけど、しばらくは強制労働じゃないかな』

「羽……」

　ひとまず、なんて軽く言われたが、あの羽は悪魔にとって体の一部であるように思えた。それをとられたのかと想像して、ユフィのほうが痛くなってしまう。

「あの、ディエゴさんは、ネイトが力をふるって大きな争いを起こすところが見たかったと言っていたんですけど、そういう悪魔は多いんですか？」

『破壊願望ってこと？　そこまで多くはないと思うけど、強い力に憧れるやつはそれなりにいるかもね。人間の世界の戦争だなんだを、お祭りごととして捉えるやつも少なくないよ。お馬鹿だよね。どれだけネイト本人が強くても、そういう願いで契約をしていなければ、こっちの世界でネイトは自由にできないのに』

「あー……」

だからディエゴは、ユフィに苛立っていたのか。

ユフィが平和な願いで契約をしたせいで、ネイトが本領を発揮できる機会がないから。

（私の場合は魔物に狙われやすいから、意外と平和でもないんだけどね……）

これだけ聞いていると悪魔が契約者の言いなりになっているようだが、そもそも〝召喚に応じるかどうか〟は悪魔側が決めることなので、彼らに不満はないそうだ。

契約者を選ぶのは悪魔側、ならばどんな願いがこようとも叶えるものだ、と淡々としている。

約束を平気で反故《ほご》にする人間と違って、悪魔はプロ意識が高い。だからこそ、ルール違反をしたディエゴには、重い罰がくだったのだ。

『君たちも巻き込まれた側だしね。あいつの罰について、何か要望があれば聞くけど……その前にネイトは、その子との今後のことをちゃんと話しておいたほうがいいんじゃないかな？』

「………………」

提案する黒ローブを、ネイトの紫眼がじろりと睨みつける。

途端に彼（？）は逃げるようにまた地面に潜ってしまった。飄々《ひょうひょう》としているように見えたが、黒ローブもネイトは怖いらしい。

「今後のことについて、か……そうだな」

言い逃げされたネイトも、軽く嘆息してからユフィに向き直る。

その瞳はもういつも通りで、優しさと愛情に溢れていた。

「切り替え早いわね……」

「どうも。とりあえず、近い未来についてだ。ファルコナー侯爵家からも特に何も言われなかったから、状況が落ち着き次第両家で顔合わせをして、結婚式に向けて動けると思う。その場合は予定通り、俺がセルウィン伯爵家に婿入りだな」

「あ、今後のことってそういう?」

てっきり、悪魔との契約についての話かと思いきや、普通に人間としての婚約や結婚の話をされて、少々拍子抜けしてしまう。もちろんそれも大事なことだし、ユフィとしては待ち遠しい未来でもあるのだが。

「俺が悪魔だとバレて処刑対象にでもならない限りは、普通にヒトとしての人生を全うするつもりだ。ユフィと一緒に年をとっていくし、俺たちの子どもも普通に人間が産まれるぞ。外見に俺の特徴が出やすいとは思うが、嫌なら養子をもらってもいい」

「嫌なわけないじゃない! ネイトの子どもなら、男の子でも女の子でも絶対に可愛いもの!」

ユフィが拳を握って答えれば、嬉しそうに笑ってくれる。

結婚して、子どもを育んで、そんな当たり前の未来を、悪魔の彼が考えてくれていることが、なんだかとても嬉しい。

「ユフィの未来が他者と違うとしたら、天寿を全うした後だ。お前が死んだら、俺がその魂をもらって、今度は向こうの世界で夫婦として暮らそうと思ってる」

「……魂って、食べたりするんじゃないの？」

「食べることもできるが、せっかく惚れた女と暮らせるのに、わざわざ消す趣味はないぞ。できれば俺は、その後もユフィと生きていきたい」

〝対価〟として扱われるぐらいだから、差し出された魂は食べられるなり何なりで消滅するものだと思っていた。

だが、ネイトの口ぶりから察するに、ユフィのままで残れるようだ。

「悪魔の世界で暮らすんだ……想像もつかないな」

「まあ、ヒトの世よりはいささか発展が遅れた世界だが、多少の文明はある。俺が全ての危機から守ろう。それは、どこの世界でも変わらない」

そこまで口にしてから、ネイトは表情を真剣なものへと改める。

ユフィの右手を両手でしっかりと包み、まっすぐに見つめてきた。

「……というのが、俺が描いてきた未来の願望だ。だが、お前が世界征服を望むなら、今すぐそうしてもいい。戦えというなら戦うし、奪えというなら奪おう。俺はお前の悪魔として、お前の願いを叶える」

低く、淀みのない声で告げられる言葉に、ユフィの心臓が跳ねる。

ネイトの声は、誓いを立てるような、どこか神聖なものにも感じられた。

「私は世界なんてもらっても困るけど……それに、私とあなたの場合、〝きれいなおにいちゃん〟をもう叶えたことになってるんじゃないの？」

「あれは判断基準があまりにも曖昧だからな……。それに、元はといえば、俺の勘違いで結んだ契約だ。もし願いが他にあるのなら、お前の願いをちゃんと叶えたい」

廃墟《はいきょ》と化した建物を、少し砂っぽい空気が抜けていく。

ディエゴも言っていた通り、彼の力をもってすれば世界も掌握できる。魂をかけてでも、ネイトを求める人間はごまんといることだろう。

（でも、ネイトが選んだ契約者は、私だわ）

ユフィは彼に選んでもらえた者の務めとして、ちゃんと願いを伝えたい。

これからもネイトと、共に生きていくためにも。

「願いってなんでもいいのよね？」

「できれば、『お兄ちゃんに戻って』はやめて欲しいけどな」

「それは私も願わないわよ。なんのために侯爵家の養子になってもらったと思ってるの」

冗談めかして返せば、彼の空気が少しだけ和らぐ。

けれど、ユフィの手を包む両手は、かすかに震えたままだ。

（私に告白してくれた時もそうだったわよね。余裕がありそうなキリッとした顔をしてるのに、本当はネイトも、私のために緊張してくれている）

それがたまらなく嬉しいし、愛おしいと思う。

だからこそ、ユフィは満面の笑みを浮かべて、彼に想いを伝えるのだ。

大好きな人が、離れてしまわないように。


「私と一緒に生きて欲しいわ。私がおばあちゃんになって、いつか死んでしまうまで。健やかなる時も病める時も、できる限り二人一緒に」


ユフィがまっすぐに伝えると、ネイトはぱちぱちと数度瞬いた後、自信なさげに首をかしげる。

「俺が、怖くはないのか？」

「怖くないわよ。めちゃくちゃ強くて、世界も手に入れられるかもしれないけど、それを私が願わなければしないんでしょ？　ちっとも怖くない。ネイトは私の過保護な元兄さんで、今は一番好きな婚約者よ」

「……そうか」

はーっと長い息を吐き出すと、ネイトは包んでいた手を引っ張って、ユフィを腕の中に閉じ込めてきた。

いつも通りの檻のような抱擁の中では、今にも飛び出してきそうな速い鼓動が聞こえてくる。

どちらの心音も笑ってしまうぐらいに速くて、たまらずぎゅっと抱き締め返した。

「ユフィの願いを叶えよう。健やかなる時も病める時も、槍《やり》が降ろうが魔物が降ろうが星が落ちてこようが、ずっと傍にいる。たとえ世界が終わったとしても、ユフィだけは守ってみせる」

「重い」

「過保護はいつものことだろ。爺《じい》さん婆《ばあ》さんになるまで一緒に暮らして、その後のことはまた考えよう」

くすくすと笑う熱い吐息が髪に触れて、くすぐったさに身をよじる。

最強の悪魔を捕まえてもったいないと言われそうだが、これこそがネイトが選んだユフィの望み、ユフィの願いだ。

そして、ネイトにしか叶えられない願いでもある。

「あー……幸せだ」

二人で一緒に呟いて、顔を見合わせ、また笑ってしまった。

以前に夜会で踊った時、どんな恋愛小説よりも素晴らしい結末を迎えたと思っていたけれど、ユフィたちの物語はやっぱり世界最高の名作だと自負できる。

何故なら、大変なクライマックスを迎えたこの後も、ずっとずっと続いていくのだから。

『おーい二人とも、ちょっといいか？』

「うわっ⁉」

……なんて幸せに浸っていたら、突然地面から誰かに呼びかけられる。

当然、地面に人間が入れるわけはないので、つい先ほど話していた黒ローブの悪魔だろう。

「びっくりした……まだ何か用か」

『ワタシからの用じゃないけど、お偉いさんからの通達だ。今回迷惑をかけまくったお前たちに、少しでも償いをしてこいってさ』

黒ローブはそう言うと、光る円の中からズボッと両手を出す。

——そこには、真っ黒な毛で緑色の目をした、とても小さな子猫が握られていた。

「……子猫？　わ、可愛い……」

『それディエゴ』

「へ……ええっ⁉」

やや弱った様子の子猫は、か細い声で「みぃ」と鳴いて応える。

確かに、弱々しい演技をしていた時の彼に似ていなくもないが……いや、やはりまったく似ていない。どこから見ても普通の猫だし、ディエゴはこんなに可愛い生き物ではなかった。

『羽を奪ったから、もう洗脳とかの力はないよ。ただ、お嬢さんはとても狙われやすい魂だろう？人間のふりをして生きるネイトが間に合わない時に、護衛として使えってさ。お嬢さんを守るという目的の時だけ、多少力が使えるらしい』

黒ローブの手がぽいっと子猫を円の外に投げると、すぐさまネイトが首根っこを引っ掴んで、目の高さまで持ち上げる。ぷるぷると震えるそれは、何度見直しても非力な子猫だ。

ネイトの目つきが恐ろしいのか、小さな三角耳はぺたんと倒れてしまっている。手足もユフィの親指ぐらいの大きさしかなく、揺さぶられるままにぷらぷらと宙を泳いでいた。

「ネイトやめて！　乱暴しないで‼」

「ユフィは乱暴な目に遭わされただろう。こんな弱々しい毛玉、街の防壁の外の魔物にでも食わせればいい」

「やめてー！　ディエゴさんの姿をしてるならまだしも、子猫を死なせたらトラウマになっちゃうから‼　もう、こんな可愛い生き物に、なんてこと言うの……」

慌ててネイトの手から救出すると、子猫は『心底嫌です』と言いたそうな目でユフィを見上げてきた。助けてあげたのに、なんという態度か。

『悪魔が人間なんかに愛玩されるとか、ものすごい屈辱だからね。せいぜい可愛いがってあげてよ。普段は爪も牙も殺傷力ゼロにされてる、世界一弱い子猫だからさ』

威嚇すらできないんだよ、と笑う黒ローブに、子猫はまたか細く「みいみい」とだけ鳴く。……多分、こういう風にしか鳴けないのだろう。

（弱くて屈辱的な姿ってことなんだろうけど、恐ろしいほど可愛いわ……）

うっかり変な声が出そうになったのを堪えていると、黒ローブはますます笑い声を上げる。

やがて、満足したらしき黒ローブはまた地面の中に消えてしまい、二度と現れなかった。

「すごい可愛いけど、ディエゴさんだと思うと複雑……」

「ストレス発散にでも使うといい。煮ても焼いてもユフィの自由だ」

「子猫にそんなことするのは死んでも嫌‼　愛玩が嫌がらせになるなら、きっちり可愛がってあげるわよ。とりあえず、猫のお世話用品を買わないとね」

「――じゃあ、ついでに盛装用の靴も買いに行くか」

何気なく言われた誘いに、ユフィははっと顔を上げる。

してやったり、と口端を上げたネイトは、心から嬉しそうに続けた。

「あの白い靴、ずっと使ってくれてたんだろう？　けど、この前の夜会でだいぶ走っただろうからな。新しい靴を贈らせてくれ」

「……覚えてて、くれたの？」

「当たり前だ。俺がユフィのために選んだものだからな」

ネイトはにっと歯を見せて笑ってから、子猫を摑み、自分の上着の合わせの中にひっかける。

続けて、恭しい仕草でユフィに手を差し出した。

「靴もドレスも、また俺に贈らせてくれ、愛しい人。それで今度は、一緒に踊ろう」

「……喜んで」

ユフィが手を取れば、ネイトは弾むような足取りで歩き始める。

小さく抗議をする子猫の鳴き声を聞きながら、今日も二人並んで進んでいく。

これからもどうか、ずっと傍で。

あとがき

この度は拙作をお手に取ってくださり、誠にありがとうございます！　お久しぶりです、香月航《かづきわたる》でございます。

読者様のおかげで、この度『悪魔な兄が過保護で困ってます』の続巻をお届けすることができました！　この場を借りて、心より御礼申し上げます。

さて、まさかの第二巻。実はなーんも考えてなかったところからの始まりでした。

書き下ろし作を刊行していただける時は、一冊できれいに読み終わる話を心掛けているため、いざ続きをとなると『よし、考えるか！』がスタートだったりします。

今回も編集様がたには多大なご迷惑をおかけいたしました。いつも相談に乗ってくださり、本当にありがとうございます。おかげ様で、私のド性癖の褐色肌×黒髪キャラがもう一人増えました。やったぜ。

作中で時間があまり経っていないため、前巻の幼馴染組はお休みですが（謹慎中）その代わりイケメン王太子殿下が登場となっております。

RAHWIA《ラフィア》先生の素晴らしい画力が、メインの二人だけでなくサブキャラでも輝く！　今回もお忙しい中、最っっ高なイラストをありがとうございます!!

イラストを拝見する度に、素敵すぎて拝んでおりました。この本の八割ぐらいは、『RAHWIA先生最高!!』の心でできています。

そんな美麗イラストに彩っていただきました第二巻、兄妹ではなくなっても悪魔の過保護と溺愛は健在、なラブコメになりました。どうかほんの少しでも、お楽しみいただけたなら幸いです。

そしてもし、何か心に残るものがございましたら、ご意見・ご感想など大歓迎ですので、よろしくお願いいたしますね。

最後に、この作品の刊行を支えてくださった沢山の皆様と、この本をお手に取ってくださったあなた様に、心から御礼申し上げます。

今後もお砂糖溢れる物語を作って参りますので、またどこかで、あなた様にお会いできることを願って。ありがとうございました!!

香月航

Ichiha Hiiragi presents
柊一葉
illustration
あとのすけ
公爵家の養女になりましたが、
ツンデレ義弟が
認めてくれません
ツンデレ義弟の猛攻に、
お義姉ちゃんはキャパオーバーです！
フェアリーキス
NOW
ON SALE
「義姉だなんて、絶対に認めない!!」名門公爵家の養女になったルーシーは、義弟のジュードに拒絶され絶句。それもつかの間、「違う！　嫌だとか、仲良くしたくないとかじゃなくて……」赤面して口ごもるジュードのいじらしさに、ルーシーのツンデレ萌えが覚醒！　外では眉目秀麗で完璧な公爵令息なのに、義姉にだけ素直になれないジュード。そんな彼を愛でる日々を送っていたが、ジュードが成人を機に態度を一変させて!?
フェアリーキス
ピュア
fairy kiss

殿下の趣味は、
私（婚約者）の世話をすることです
月神サキ
Saki Tsukigami
Illustration m/g
王太子殿下が作る
異世界ご飯は絶品です！
フェアリーキス
NOW ON SALE
王太子のルイスから、婚約の条件として三食おやつ付きでお世話をさせてほしいと告げられた公爵令嬢のロティ。実はロティは食べるのが大好きなのだ。ルイスが作る『オムライス』『肉じゃが』『味噌汁』という料理は初めて見るものばかりですごく美味しい！聞けばルイスは異世界から転生してきたのだという。すっかりお世話されて甘やかされて「まるでお母さんみたい」とルイスに伝えると、微妙な顔で深い溜め息をつかれてしまうのはなんで!?
フェアリーキス
ピュア
fairy kiss
Jパブリッシング　https://www.j-publishing.co.jp/fairykiss/　定価：1320円(税込)

fairy kiss

悪魔な兄が過保護で困ってます2

著者　香月 航　

2021年7月5日　初版発行

発行人　神永泰宏

発行所　株式会社Ｊパブリッシング
〒102-0073　東京都千代田区九段北3-2-5 5F
TEL 03-3288-7907　FAX 03-3288-7880

製版　サンシン企画

印刷所　中央精版印刷株式会社

ISBN:978-4-86669-410-8
Printed in JAPAN